AF660350

स्टॉक मार्केट में सफल होने के 41 टिप्स

शेयर मार्केट की बैस्टसैलर पुस्तकें

स्टॉक मार्केट में सफल होने के 41 टिप्स

इंट्रा-डे, स्विंग ट्रेड व ऑप्शन ट्रेडिंग सीखें

महेश चंद्र कौशिक

प्र

प्रभात प्रकाशन

प्रकाशक • **प्रभात प्रकाशन प्रा. लि**
4/19 आसफ अली रोड,
नई दिल्ली–110002
सर्वाधिकार • सुरक्षित
संस्करण • 2024
मूल्य • चार सौ रुपए
मुद्रक • नरुला प्रिंटर्स, दिल्ली

STOCK MARKET MEIN SAFAL HONE KE 41 TIPS
by Shri Mahesh Chandra Kaushik ₹ 400.00
Published by Prabhat Prakashan Pvt. Ltd., 4/19 Asaf Ali Road, New Delhi-2
e-mail: prabhatbooks@gmail.com ISBN 978-93-5322-590-2

यह पुस्तक शेयर बाजार के
मेरे 71,000 फॉलोवर्स को
समर्पित है,
जिन्होंने अपने स्नेह व विश्वास से
मुझे मेरी अत्यंत व्यस्त जिंदगी में से समय निकालकर
उनके लिए 101 ट्रेडिंग टिप्स लिखने की प्रेरणा दी,
ताकि इस पुस्तक को पढ़ने के बाद
कोई भी छोटा निवेशक शेयर बाजार में
पैसे नहीं गँवाए।

प्रस्तावना

मैं वर्ष 2005 में शेयर बाजार में आया था। उस समय मैं आम छोटे निवेशकों की तरह बिल्कुल अनाड़ी निवेशक था; परंतु मैं एक ही मंत्र जानता था कि किसी भी कार्य को भगवान् का कार्य समझकर भगवान् की पूजा की तरह करना चाहिए।

इसलिए मैं हमेशा यही मानता था कि मैं अपने लिए ट्रेड नहीं कर रहा। उस सर्वशक्तिमान ने मुझे यह दायित्व सौंपा है तो मुझे इसे सफलता से करना होगा।

बस, इसी प्रेरणा व विश्वास के बल पर मैं अपनी हर गलती से सीखता गया और अपने अनुभवों को वर्ष 2009 से 'शेयरजीनियस' नाम से एक ब्लॉग बनाकर उस पर शेयर करने लगा। जब मेरा ब्लॉग आम पाठकों द्वारा पढ़ा व सराहा जाने लगा तो मुझे और भी प्रेरणा और ऊर्जा मिली, जिससे देखते-ही-देखते कब मेरे ब्लॉग व यू-ट्यूब चैनल के 71,000 फॉलोवर्स बन गए, मुझे खुद ही पता नहीं चला।

वर्ष 2014 में सेबी (SEBI) ने रिसर्च एनालिस्ट रेगुलेशन लागू कर दिया, अर्थात् बगैर सेबी से पंजीकृत हुए तथा एन.आई.एस.एम. से रिसर्च एनालिस्ट की परीक्षा पास किए कोई भी व्यक्ति ब्लॉग या यू-ट्यूब के माध्यम से शेयर बाजार की टिप्स नहीं दे सकता। अतः मैंने सरकार के रेगुलेशन की पालना व सम्मान करते हुए अपने ब्लॉग व यू-ट्यूब चैनल को बंद करने की घोषणा कर दी। इस पर भी मेरे फॉलोवर्स ने मुझे इ-मेल करके तथा कमेंट करके चेताया कि क्यों न मैं ब्लॉग व चैनल को बंद करने के स्थान पर खुद रिसर्च एनालिस्ट की परीक्षा पास करके सेबी से पंजीकरण करवा लूँ। इससे मेरे ब्लॉग व चैनल को बंद भी नहीं

करना पड़ेगा तथा इसके माध्यम से फ्री टिप्स उपलब्ध करवाने का जो सेवा कार्य मैं वर्ष 2009 से कर रहा हूँ, उससे लाभ उठानेवाले वंचित भी नहीं रहेंगे।

इस प्रकार, मैं आपकी तरह आम छोटे निवेशक से एक पंजीकृत रिसर्च एनालिस्ट बन गया। यह पुस्तक लिखना मुझ पर एक जिम्मेदारी की तरह है कि इस पुस्तक को पढ़नेवाला मेरा कोई भी पाठक शेयर बाजार में असफल नहीं हो, मुझे इस प्रकार से आपको प्रशिक्षित करना है।

पुस्तक पढ़ने से पहले एक बात विशेष रूप से ध्यान रखें कि शेयर बाजार में निवेश करना तथा ट्रेड करना दो अलग-अलग क्षेत्र हैं। यह पुस्तक निवेश करने के नजरिए से नहीं लिखकर ट्रेडिंग से पैसा कमाने के नजरिए से लिखी गई है, अतः आपको इसे उसी नजरिए से पढ़ना व समझना चाहिए।

आप अपने अनुभव मुझे mahesh2073@yahoo.com पर इ-मेल करके साझा कर सकते हैं।

—महेश चंद्र कौशिक
रिसर्च एनालिस्ट
जे.जे. कॉलोनी, पिंडवाड़ा-307 022
जिला सिरोही, राजस्थान

दूरभाष—क्षमाप्रार्थी हूँ, ज्यादा प्रशंसक होने के कारण मैं आप सबसे मोबाइल पर बात नहीं कर सकता, इसलिए मैं अपने दूरभाष नंबर नहीं दे रहा हूँ। पर आप मुझे इ-मेल करके संपर्क कर सकते हैं। मैं ज्यादा-से-ज्यादा इ-मेल्स का जवाब देने की कोशिश करता हूँ।

इ-मेल—mahesh2073@yahoo.com

आभार

इस पुस्तक के लेखन के लिए मैं अपने सद्गुरुदेव श्री श्री 1008 सत्यनारायणजी फलाहारी बाबा सरतानेश्वर महादेव मंदिर, लौटाना से मिली आध्यात्मिक ऊर्जा का आभारी हूँ।

अभी तक पूर्व में प्रकाशित मेरी सभी पुस्तकें 'प्रभात प्रकाशन' से प्रकाशित होने से पूर्व मेरे द्वारा अमेजन पर सेल्फ पब्लिश की गई पुस्तकें थीं, अर्थात् यह पुस्तक किसी भी प्रकाशक के लिए विशेष रूप से लिखी गई मेरी पहली पुस्तक है, इसलिए यह मेरे लिए गौरव का विषय है।

मैं अपनी पत्नी श्रीमती सीमा कौशिक का भी हार्दिक आभारी हूँ, जिन्होंने मुझे कभी भी मार्केट में रिस्क लेने से नहीं रोका तथा उनके द्वारा मेरे निवेश के निर्णयों का समर्थन करने और कभी भी मुझे मेरे गलत ट्रेड निर्णय के लिए भी हतोत्साहित नहीं करने के कारण मैं शेयर बाजार में लंबे समय तक टिकने तथा एक सफल ट्रेडर बनने में कामयाब हो पाया।

—महेश चंद्र कौशिक

अनुक्रम

1

ट्रेड करने से पहले रणनीति जरूर बनाइए

जब आप कोई भव्य इमारत को देखते हैं तो क्या आप समझते हैं कि उस इमारत को बनाने से पहले कागज पर उसका नक्शा बनाया गया होगा या सीधे ही कुछ मिस्त्री आए और सीमेंट व ईंटें बेतरतीब लगाकर इमारत बनाने लगे? बाद में अपने आप इमारत जैसी बनी, वैसी सामने आ गई?

कोई भी भवन बिना नक्शा बनाए नहीं बनाया जाता।

चलिए, अब कल्पना करिए कि आप सेना में कैप्टन हैं। आपको एक युद्ध जीतना है तो आप क्या करेंगे—कोई रणनीति बनाकर युद्ध करेंगे या सैनिकों को कह देंगे—पहले युद्ध आरंभ तो करो, फिर देख लेंगे कि कैसे-कैसे लड़ना है!

आपने एक कहानी सुनी होगी कि प्राचीन काल में एक बहुत बड़ा व्यापारी था। उसके चार पुत्र थे। जब वह वृद्ध हो गया तो उसने सभी बेटों को एक-एक रुपया दिया और कहा कि जाओ, इस एक रुपए से व्यापार करके दो रुपए कमाकर दिखाओ। जो ऐसा कर पाएगा, उसे ही मैं अपने व्यापार की जिम्मेदारी सौंपूँगा।

वह व्यापारी यह देखना चाहता था कि उसके किस बेटे में व्यापार करने की क्षमता है, क्योंकि ज्यादातर लोग व्यापारी नहीं, जुआरी होते हैं। वे व्यापार करने के मूल मंत्र को नहीं जानते कि व्यापारी रणनीति से व्यापार करता है। जुआरी तो बस, सीधे कूद पड़ते हैं, बाद में सोचते हैं कि क्या रणनीति बनानी चाहिए?

तो आपके लिए मेरी पहली ट्रेडिंग टिप्स यह है कि शेयर बाजार में ट्रेड करने से पहले रणनीति जरूर बनाएँ। यह रणनीति कैसी होनी चाहिए, इसके बारे में दूसरी ट्रेडिंग टिप्स में बताया जाएगा।

□

2

छोटे पौधे से बरगद का बड़ा पेड़ उगाएँ

क्या आपने कभी किसी पौधे को उगते देखा है ? क्या आपने अपनी जिंदगी में बरगद का पेड़ और बरगद का बीज देखा है ? बरगद का बीज राई के जितना छोटा होता है। क्या इसे उगाने पर एक ही दिन में बरगद का पेड़ उग सकता है ?

नहीं, पहले बरगद के बीज से प्यारी-सी छोटी कोंपल निकलती है। अगले दिन वह थोड़ी सी बढ़ती है। धीरे-धीरे वह नन्ही-मुलायम कोंपल दो पत्तोंवाली हो जाती है। छोटे-छोटे लाल-लाल पत्ते बहुत ही प्यारे लगते हैं। प्रकृति इससे आपको ट्रेड करना सिखा रही है। यह अलग बात है कि आप इससे सीखना चाहते हैं या नहीं।

प्रकृति में जल्दबाजी का कोई स्थान नहीं है। धीरे-धीरे बरगद का यह पौधा बड़ा होता जाता है। कुछ ही वर्षों में यह पक्षियों को आश्रय देने लायक बन जाता है। कुछ और वर्षों के बाद यह पथिकों को छाया देने लायक हो जाता है तथा देखते-देखते बड़ा वट वृक्ष बन जाता है। क्या आप अपनी ट्रेडिंग की रणनीति इसी प्रकार बनाएँगे कि आपका ट्रेडिंग का कारोबार धीरे-धीरे बढ़कर वट वृक्ष का रूप ले ले या आप एक से सात रोमांचक ट्रेड में कुछ में बड़ा पैसा बनाएँगे, आखिर में सबकुछ हारकर, शेयर बाजार को पीठ दिखाकर भाग जाएँगे और जिंदगी भर शेयर बाजार की बुराई करेंगे।

आज की मेरी दूसरी ट्रेडिंग टिप्स आपके गले से उतर गई होगी। आपको पहली ट्रेड में बरगद के बीज की तरह छोटी धनराशि लगानी चाहिए। धीरे-धीरे जैसे-जैसे आप कमाते जाएँ, वैसे-वैसे आपको ट्रेडिंग में लगानेवाली राशि बढ़ानी चाहिए।

इसे मैं और विस्तार से समझाता हूँ। मान लीजिए, आपके पास 5 लाख रुपए की पूँजी है। आप इससे शेयर बाजार में ट्रेडिंग करके इतना पैसा कमाना चाहते हैं कि आपको प्रतिमाह 40 से 50 हजार रुपए की आय होने लगे। तो आपको करना यह है कि सिर्फ 10 हजार रुपए से ट्रेड प्रारंभ करें। मन में एक लक्ष्य ले लें—यदि मैं 10 हजार से 2 हजार कमा सका, यानी 10 हजार की पूँजी को 12 हजार में बदल सका तो बरगद के पौधे की तरह अपनी कार्यकारी पूँजी, जिससे मैं ट्रेड करता हूँ, को बढ़ाकर 20 हजार कर दूँगा। जब मैं 4 हजार का शुद्ध मुनाफा अर्जित कर लूँगा, तब इसे बढ़ाकर 30 हजार कर दूँगा। जब 6 हजार का शुद्ध मुनाफा अर्जित कर लूँगा, तब इसे बढ़ाकर 40 हजार कर दूँगा। इस प्रकार प्रत्येक 2 हजार मुनाफा कमाने पर ट्रेड के लिए पूँजी में 10 हजार का इजाफा कर सकते हैं।

आप कहेंगे कि यदि मैं नहीं कमा सका तो क्या होगा?

वैसे तो इस पुस्तक को आप पूरा पढ़ेंगे तो मुझे नहीं लगता कि आप ट्रेड में नुकसान उठाएँगे। आप जरूर कमा सकते हैं। अनुशासन से ट्रेड करने पर मार्केट से कमाना इतना मुश्किल भी नहीं है। उलटे, निवेश की तुलना में ट्रेड से कमाना ज्यादा आसान है, क्योंकि निवेश में आप सिर्फ बढ़ती मार्केट में पैसा बना सकते हैं, पर ट्रेड में तो आप बढ़ती व गिरती दोनों मार्केट में पैसा कमा सकते हैं।

फिर भी, आपको 10 हजार रुपए भी कोई एक ही शेयर में थोड़े ही लगाने हैं। आप महेश कौशिक की पुस्तक पढ़ रहे हैं और मैं अपने पाठकों को हारते हुए नहीं देख सकता। मैं आपको कभी भी एक ही ट्रेड में पैसा लगाने की सलाह नहीं देता। इसे भी हम दस भागों में बाँटकर ट्रेड करेंगे। आखिर बरगद के बीज से पौधा निकलता है, वो कितना छोटा होता है! उसकी तरह ही हमें भी बरगद का पेड़ बनने के लिए पहले छोटे-छोटे भागों में ट्रेड शुरू करनी पड़ेगी, फिर जैसे ही 2 हजार का शुद्ध मुनाफा होगा, हम अपनी पूँजी को बढ़ाकर 20 हजार कर देंगे, अर्थात् हमारे पास अब ट्रेड के लिए 20 हजार की मूल पूँजी और 2 हजार मुनाफे के साथ 22 हजार रुपए होंगे।

यहाँ मैं बार-बार 'शुद्ध मुनाफा' इसलिए लिख रहा हूँ कि व्यापार में लाभ व हानि दोनों होते हैं। व्यापार में हानि होना कोई बुरी बात नहीं है।

जिस व्यापार में बिल्कुल भी नुकसान नहीं हो, वह व्यापार ही नहीं कहलाता।

बस, व्यापार में जब लाभ हानि से ज्यादा होता है तो व्यापारी सफल व्यापारी कहलाता है। यहाँ शुद्ध मुनाफे का अर्थ यही है कि आपको हुए लाभ में से नुकसान कम करके जो बचे, वह शुद्ध मुनाफा है और जब यह शुद्ध मुनाफा 2 हजार रुपए अर्जित हो जाए, तब आपको पूँजी बढ़ानी है।

तो आज की दूसरी टिप्स यही है कि अपनी कुल पूँजी के 1/50 से ट्रेड आरंभ करें और जब भी 20 प्रतिशत शुद्ध मुनाफा कमा लें, तब इस पूँजी में 1/50 हिस्से की वृद्धि करते हुए बरगद के पेड़ की तरह अपने ट्रेड कारोबार का पेड़ लगाएँ। □

3

सिर्फ छोटी ट्रेड ही लें

इंट्रा-डे ट्रेड में आपका ब्रोकर आपको बहुत कम मार्जिन पर ट्रेड करने की सुविधा देता है, अर्थात् यदि आप मार्जिन पर खरीदने और उचित स्टॉप लॉस पर वापस बेचने—दोनों की ट्रेड एक साथ ले लेते हैं तो ब्रोकर समझता है कि आपके स्टॉप लॉस के कारण आपका नुकसान सीमित है। इसलिए आपको मात्र 1,000 रुपए के मार्जिन पर वह 50 हजार रुपए से 1 लाख रुपए के शेयर खरीदने-बेचने की सुविधा दे देता है। इसे 'मार्जिन प्लस' आदि नामों से जाना जाता है।

ज्यादातर नए ट्रेडर इसी के कारण अपना पैसा गँवा बैठते हैं। ऐसा क्यों?

क्या आप कभी किसी ट्रैफिक जाम में फँसे हैं?

आपने देखा होगा, जाम में छोटे वाहन—साइकिल, मोटर साइकिल आदि निकल सकते हैं, पर ट्रक आदि बड़े वाहन नहीं निकल सकते।

इसी प्रकार, आप शेयर बाजार में ट्रक की साइज वाली ट्रेड लेंगे तो आप उस ट्रक की तरफ फँस जाएँगे।

ऐसा इसलिए होता है कि यह एक बाजार है। यहाँ जब आप कोई शेयर जिस मात्रा में खरीदते हैं, आपके सामने भी कोई ट्रेडर उस शेयर को उसी मात्रा में बेचनेवाला होना चाहिए, तो ही ट्रेड एक्जीक्यूट होती है।

कोई शेयर जिस मात्रा में बेचते हैं, आपके सामने भी कोई ट्रेडर उस शेयर को उसी मात्रा में खरीदनेवाला होना चाहिए, तो ही ट्रेड एक्जीक्यूट होती है।

जैसे इस चित्र में देखिए, मैं आपको टी.सी.एस. के शेयर की एन.एस.ई. की साइट पर मार्केट डेप्थ दिखा रहा हूँ—

Tata Consultancy Services Limited Get Derivatives Quote | Option Chain

Series: EQ |

Symbol: TCS ISIN: INE467B01029 Status: Listed Market Tracker

2,362.35 ▼ -88.35 -3.61%	Pr. Close	Open	High	Low	Close
	2,450.70	2,384.90	2,385.00	2,355.10	-

Trade Snapshot | Company Information | Peer Comparison | Historical Data

Print

VWAP	2,372.94
Face Value	1.00
Traded Volume (shares)	14,75,248
Traded Value (lacs)	35,006.75
Free Float Market Cap(Crs)	1,25,305.85
52 week high	2,839.70 (07-OCT-14)
52 week low	1,995.00 (13-DEC-13)
Lower Price Band	2,205.65
Upper Price Band	2,695.75

Order Book | Intra-day Chart | Stock V/s Index Chart | Quarterly Charts

Buy Qty.	Buy Price	Sell Price	Sell Qty.
5	2,362.15	2,362.35	9
127	2,362.00	2,362.60	48
99	2,361.95	2,362.65	10
1	2,361.90	2,362.75	47
12	2,361.70	2,362.95	25
93,723	Total Quantity		69,912

+ Security-wise Delivery Position (12DEC2014)

+ Value at Risk (VaR in %)

आप देख सकते हैं कि शेयर का मार्केट प्राइस 2,362.35 रुपए है। इसकी ऑर्डर बुक में देखिए, कोई व्यक्ति 5 शेयर 2,362.15 में खरीदना चाहता है। दूसरी तरफ 9 शेयर 2,362.35 पर बेचने के लिए उपलब्ध हैं। अब आप खूब सारा मार्जिन लगाकर इंट्रा–डे में टी.सी.एस. के 100 शेयर खरीद डालने का ऑर्डर प्लेस कर देंगे। आप सोच रहे होंगे कि मार्केट प्राइस 2,362.35 पर खरीदना है; पर आपकी ट्रेड एक्जीक्यूट होगी तो आपको 9 शेयर 2,362.35 के मूल्य पर मिलेंगे, पर 48 शेयर 2,362.60 के मूल्य पर मिलेंगे, जो ऊपर के चित्र में अगला विक्रेता बेचना चाहता है। 10 शेयर 2,362.65 के मूल्य पर आएँगे। इस प्रकार, आपके ऑर्डर से ही मार्केट में प्राइस बढ़ जाएँगे और इतनी बड़ी मात्रा में आप बेचेंगे, तब आपके बेचने के ऑर्डर से ही प्राइस घट जाएँगे। यह तो मैंने टी.सी.एस. का उदाहरण लिया है, जो लार्ज कैप स्टॉक है तथा लिक्विड स्टॉक है। इसलिए मार्केट प्राइस में 40–50 पैसे का ही अंतर आपके ऑर्डर के कारण आ रहा है। किसी कम वॉल्यूम वाले छोटे स्टॉक में आप ऐसा 2 से 3 लाख रुपए का खरीदने का ऑर्डर एक साथ डाल देंगे तो आपके कारण ही स्टॉक अपर सर्किट पर आ सकता है और बेचते समय आपके कारण ही शेयर के प्राइस टूट जाएँगे।

आपको ऐसा लगेगा कि आपके साथ यह क्या हुआ ? आपने जिस प्राइस पर खरीदने का ऑर्डर डाला, उससे ऊपर आपको शेयर मिले और जिस प्राइस पर बेचने का ऑर्डर डाला, उससे नीचे बिके तथा आपको अच्छा-खासा नुकसान हो गया।

आप सोच रहे होंगे, आप मार्केट ऑर्डर की जगह लिमिट ऑर्डर लगाएँगे; पर ऐसा करने पर आपके लिमिट मूल्य पर कोई खरीदने-बेचनेवाला नहीं मिला तो आपकी ट्रेड एक्जीक्यूट ही नहीं हो पाएगी।

तो आपको आपके ब्रोकर के न्यूनतम ब्रोकरेज के अनुसार एक ट्रेड में 40 से 50 हजार रुपए से ज्यादा के शेयर मार्जिन पर खरीदने-बेचने नहीं चाहिए। ट्रेडिंग के लिए स्टॉक चयन करते समय उनकी मार्केट डेप्थ चेक कर लें। शेयर ज्यादा वॉल्यूम वाले होने चाहिए, ताकि आपके खरीदते-बेचते समय सामने दूसरा व्यक्ति उसको खरीदने-बेचनेवाला उपलब्ध रहे, नहीं तो ऐसा हो जाता है कि आपने अपर सर्किट के आसपास शेयर ले लिया तथा बेचते समय लोअर सर्किट पर बेचना पड़ा। इसमें स्टॉप लॉस भी काम नहीं करता, क्योंकि वॉल्यूम कम होने से आपके स्टॉप लॉस पर क्रेता या विक्रेता ही नहीं होते, तो हमारी तीसरी टिप्स यही है—छोटी-छोटी ट्रेड से छोटा-छोटा मुनाफा कमाएँ।

बूँद-बूँद से घड़ा भरता है। आप एक ट्रेड में 200 से 500 रुपए भी कमाते हैं और दिन में आपकी 10 में से 7 ट्रेड लाभ में रहती है तो आप 2,000 से 2,500 रुपए कमा सकते हैं; पर आपको छोटी-छोटी ट्रेड ही लेनी चाहिए।

□

4

मुनाफे का टारगेट हमेशा छोटा रखें और स्टॉप लॉस उससे भी छोटा रखें

जैसा कि मैंने आपको बताया कि आपको 10,000 रुपए की पूँजी से इंट्रा-डे का कारोबार आरंभ करना चाहिए तथा धीरे-धीरे पूँजी को बढ़ाना चाहिए। मान लीजिए, आप इस पूँजी को नहीं बढ़ाते और केवल 2 प्रतिशत मासिक मुनाफा ही कमाते हैं, अर्थात् आप एक माह तक इंट्रा-डे में व्यापार करके केवल 200 रुपए ही कमा लेते हैं तथा अगले महीने इस 10,200 रुपए से वापस 2 प्रतिशत मासिक मुनाफा, अर्थात् 240 रुपए कमा लेते हैं। अब आपकी पूँजी 10,440 रुपए हो गई है।

इस प्रकार, आप मात्र 2 प्रतिशत मुनाफा एक महीने में कमाएँ तथा मुनाफे को ही अपनी मूल पूँजी में जोड़ते रहें तो क्या आप मुझे बता सकते हैं कि 30 वर्षों में आपकी कुल पूँजी कितनी हो जाएगी?

आप जो उत्तर सुनेंगे, उससे आपको हार्ट अटैक आ सकता है, अतः कृपया कमजोर दिल वाले इससे आगे नहीं पढ़ें। इस प्रकार, महीने में मात्र 2 प्रतिशत मुनाफा कमाते रहने से 30 वर्ष में आपकी 10,000 रुपए की पूँजी बढ़कर 1,24,75,611 (एक करोड़ चौबीस लाख पचहत्तर हजार छह सौ ग्यारह) रुपए हो जाएगी।

जिनको इस गणना पर विश्वास नहीं हो रहा है, उनके लिए मेरे द्वारा इस गणना की बनाई गई एक्सेल शीट की प्रतिलिपि इस पुस्तक के आखिर में परिशिष्ट 'क' में दी जा रही है।

अब 10,000 रुपए से महीने में 200 रुपए कमाना कोई बड़ा टारगेट है क्या?

महीने में लगभग 20 ट्रेडिंग सेशन होते हैं। इसका मतलब आपको रोज मात्र 10 रुपए कमाने हैं।

कौन सा व्यापारी ऐसा है, जो 10,000 रुपए की पूँजी लगाकर रोज के 10 रुपए नहीं कमा सकता ? एक सब्जी बेचनेवाला एक अनाड़ी शेयर कारोबारी से ज्यादा होशियार होता है, क्योंकि वह 10,000 रुपए की सब्जी रोज लाकर बेचता है तो उस पर 200-300 रुपए कमा लेता है, जबकि एक शेयर व्यापारी को मैं रोज 10 रुपए कमाने का टारगेट भी देता हूँ तो वह मूल पूँजी से भी 200-300 रुपए गँवाकर आ जाता है।

यही कारण है कि मैं हमेशा यह कहता हूँ कि जिसको टमाटर बेचने नहीं आते, वो शेयर भी नहीं बेच सकता; क्योंकि टमाटर बेचने तथा शेयर बेचने के व्यापार में बहुत समानता है। टमाटर नहीं बिके तो वे सड़ जाते हैं। इनको यदि नुकसान उठाकर नहीं बेचा जाएगा तो सारे टमाटर सड़ जाएँगे, टमाटर का व्यापारी यह बात जानता है। वह ताजा टमाटरों पर खूब मुनाफा कमाता है। ज्यों-ज्यों शाम होती है, वह मुनाफे का टारगेट कम करता रहता है; पर टमाटर सड़ने से पहले वह छोटा नुकसान खाकर भी बेच देता है। पर अनाड़ी शेयर कारोबारी एक फिक्स टारगेट पकड़कर बैठा रहता है और अपने शेयरों के सड़ने का इंतजार करता है। अंत में बड़ा नुकसान उठाने के बाद ही बाहर निकलता है।

टमाटर बेचनेवाला 1 रुपए का मुनाफा लेकर भी टमाटर बेच देता है, पर अनाड़ी शेयर ट्रेडर डे ट्रेड में 5 से 20 प्रतिशत मुनाफा कमाने के चक्कर में छोटे मुनाफे को गँवा देता है और आखिर में उसका शेयर हानि में आ जाता है।

तो टिप्स सं. 4 का अर्थ यही है कि आपको इंट्रा-डे में मुनाफे का टारगेट 1 प्रतिशत से ज्यादा नहीं रखना चाहिए। यदि आप एक शेयर में इंट्रा-डे में 10,000 की ट्रेड लेते हैं, जिसके लिए आपको 1,000 से 2,000 रुपए ही मार्जिन देना पड़ेगा तो उसका 1 प्रतिशत आप 100 रुपए कमा सकते हैं; जबकि आपके एक दिन की कमाई का टारगेट 10 रुपए ही था। आपने यदि 100 रुपए कमा लिये तो आपने 10 दिन का टारगेट पूरा कर लिया, अर्थात् इस गति से आप 30 साल की जगह 3 साल में ही 10,000 से 1,24,75,540 रुपए बना सकते हैं।

पर यहाँ मुख्य समस्या यह आती है कि आप 100 रुपए का मुनाफा बुक

करते नहीं और स्टॉप लॉस लगाते नहीं। उससे आपका यह आया हुआ मुनाफा चला जाता है और आपकी ट्रेड 100 रुपए मुनाफे की जगह 200–300 रुपए का नुकसान देकर जाती है। अब आप मुनाफा भूल जाते हैं और नुकसान पूरा करने के चक्कर में ट्रेड करने लगते हैं।

इस विषय में मुझे एक सद्गुरुदेव के सद्वचन याद आ गए। वे कहते हैं कि यदि आप बेवकूफियाँ करना नहीं छोड़ते तो स्वयं ब्रह्माजी भी आपको ब्रह्म ज्ञान नहीं दे सकते। ब्रह्म ज्ञान पाने को एक ही योग्यता है—बेवकूफी का त्याग करना।

इसलिए शेयरों में मुनाफा कमाने के लिए लाभ का टॉरगेट छोटा, 1 प्रतिशत के लगभग, रखना और स्टॉप लॉस उससे भी आधा, अर्थात् 1/2 प्रतिशत रखना जरूरी है।

अर्थात् आपके 100 रुपए कमाने का टारगेट है और आपकी ट्रेड 50 रुपए नुकसान में आ गई है तो आपके टमाटर सड़ रहे हैं। इस 50 रुपए का नुकसान बुक करने से ही आपकी मूल पूँजी की सुरक्षा हो सकती है और आप दिन के अंत में नुकसान की जगह प्रॉफिट लेकर जा सकते हैं।

अगली टिप्स में इस बारे में प्रकाश डाला जाएगा।

□

5

लाभ व स्टॉप लॉस का अनुपात 2:1 हो, यह अनिवार्य है

पिछली टिप्स के अंतिम भाग को एक बार वापस दोहराते हैं।

आपका 100 रुपए कमाने का टारगेट है और आपकी ट्रेड 50 रुपए नुकसान में आ गई है तो आपके टमाटर जैसे शेयर अब सड़ रहे हैं। इस 50 रुपए का नुकसान बुक करने से ही आपकी मूल पूँजी की सुरक्षा हो सकती है और आप दिन के अंत में नुकसान की जगह प्रॉफिट लेकर जा सकते हैं।

आप समझे नहीं होंगे कि 50 रुपए का नुकसान बुक करना प्रॉफिट कैसे हुआ?

शेयरों में लाभ व हानि का अनुपात 2:1 रखना अनिवार्य है तो ही प्रॉफिट होता है।

जैसा कि आप जानते हैं कि आप कितने भी ध्यान से शेयर चुनें, ऐसा कोई भी सिस्टम नहीं है, जो 100 प्रतिशत सफल जाता हो। आपका शेयर नुकसान में आ सकता है और आता ही है।

तो, इस व्यापार में लाभ कमाने के लिए यदि आप 2:1 का प्रॉफिट एवं स्टॉप लॉस का अनुपात रखते हैं और एक दिन में 10 ट्रेड लेते हैं, जैसा कि आप जानते हैं कि एक ट्रेड में 1,000 से 2,000 मार्जिन लगाने पर आप 10,000 की डे ट्रेड ले सकते हैं, तो आपकी मूल पूँजी से आप एक बार में 4-6 ट्रेड ले सकते हैं तथा बाद में मार्जिन फ्री होने पर, अर्थात् किसी में प्रॉफिट या लॉस बुक कर सकने पर आप उस मार्जिन से वापस ट्रेड ले सकते हैं। मेरे अनुसार, 10,000 रुपए की मार्जिन मनी से आप एक दिन में 10 के लगभग 10,000 की ट्रेड कर सकते हैं।

तो यदि आप 1 प्रतिशत मुनाफे का टारगेट लेते हैं और 1/2 प्रतिशत का स्टॉप लॉस रखते हैं तो आपकी 10 ट्रेड में मान लीजिए, आप 6 ट्रेड में पैसा गँवाते हैं और सिर्फ 4 में बनाते हैं तो क्या होगा, अर्थात् आपने 4 ट्रेड में 100-100 रुपए कमाए, यानी कुल 400 रुपए कमाए और 6 ट्रेड में 50-50 गँवाए अर्थात् 300 रुपए गँवाए तो भी आप 100 रुपए कमा सकते हैं, अर्थात् 10 में से 4 ट्रेड सही जाने पर भी आप कमाकर निकल सकते हैं। इस 100 रुपए में से भी ब्रोकरेज वगैरह कम करके आपके 10 रुपए भी बचते हैं तो आप पैसा कमा रहे हैं, गँवा नहीं रहे।

पर नया ट्रेडर लालच व डर की वृत्ति को अपने पर हावी कर लेता है। उसकी ट्रेड 1/2 प्रतिशत नुकसान में आने पर वह स्टॉप लॉस के अनुसार लॉस बुक नहीं करता तथा स्टॉप लॉस ही नहीं लगाता, क्योंकि उसे लगता है कि यह वापस ऊपर बढ़ जाएगा, तब यह नुकसान बढ़ते-बढ़ते 4 से 5 प्रतिशत तक चला जाता है।

इसी प्रकार, 1 प्रतिशत लाभ में आने पर लाभ बुक नहीं करता, वह लालच करता है कि यह और बढ़ेगा। 4 से 5 प्रतिशत कमाएँगे।

ऐसा करने पर उसकी 10 में से 7 ट्रेड भी सही जाती है, सिर्फ 3 गलत जाती है तो भी वह नुकसान करके ही निकलता है, क्योंकि वह 7 ट्रेड में गैर-अनुशासित तरीके से 2,000 रुपए कमाता है तो 3 नुकसान वाली ट्रेड में भी अनुशासन नहीं होने से 2,500-3,000 रुपए गँवाता है। कुल मिलाकर उसकी मूल पूँजी से भी 500-1,000 रुपए कम कर लेता है। अगले दिन इस नुकसान को पूरा करने के लिए और भी ज्यादा लालच करता है तथा और ज्यादा गँवाता है।

इसलिए यदि आपको प्रॉफिट कमाना है तो लाभ के टारगेट व स्टॉप लॉस में अनुपात 2:1 का रखना बहुत जरूरी है। इस सिद्धांत का पालन विश्व भर के लाभ कमानेवाले शेयर व्यापारी करते हैं। यदि आपको 1 प्रतिशत लाभ एवं 1/2 प्रतिशत स्टॉप लॉस बहुत कम लगते हैं तो आप इनको ज्यादा-से-ज्यादा 2 प्रतिशत लाभ और 1 प्रतिशत पर स्टॉप लॉस कर सकते हैं; पर यदि आप चार्ट वगैरह समझकर अच्छी तरह से मूवमेंट वाले स्टॉक में एंट्री लेते हैं तो 2 प्रतिशत की जगह 1 प्रतिशत का लाभ मिलना मेरे अनुभव में बहुत ही सरल व तेजी से होता है। इससे हमारा मार्जिन फ्री हो जाता है, जिसे हम दूसरे ट्रेड में लगा सकते हैं।

शेयरों की ट्रेडिंग में पैसा बनाने के लिए टारगेट व स्टॉप लॉस में 2:1 का अनुपात रखना बहुत ही आवश्यक शर्त है। यदि आप स्टॉप लॉस नहीं रखना चाहते तो इंट्रा-डे के स्थान पर छोटी अवधि की स्विंग ट्रेड करें, जिसकी विधि इस पुस्तक में आगे की टिप्स में बताई जाएगी। स्विंग ट्रेड से भी आप आसानी से अपनी पूँजी पर 2 से 5 प्रतिशत प्रतिमाह बगैर नुकसान उठाए कमा सकते हैं। स्विंग ट्रेड पर ज्यादा जानकारी आपको आगे की टिप्स में दी जाएगी।

□

6

ज्यादा वॉल्यूम वाले शेयरों में ही ट्रेड करें

एन.एस.ई. की वेबसाइट पर ऐसे शेयरों की सूची मिल जाती है, जो उस ट्रेडिंग सेशन में बहुत ज्यादा एक्टिव है, अर्थात् जिनमें वॉल्यूम बहुत ज्यादा हो रहा है।

आपको भी भीड़ के साथ रहना चाहिए। जिन शेयरों में ज्यादा ट्रेड हो रहा है या तो वे बहुत बढ़ने वाले हैं या बहुत गिरने वाले हैं। आपको उनमें ट्रेड करने पर यह लाभ होगा कि एक तो खरीदार व बिकवाल—दोनों ही बहुत ज्यादा होने से आपके शेयर के प्राइस में एकदम से बहुत ज्यादा अंतर नहीं आएगा, जिससे आपका स्टॉप लॉस बहुत जल्दी ट्रिगर होने की उम्मीद नहीं है।

दूसरा लाभ यह कि ऐसे शेयर, जो लिक्विड शेयर कहलाते हैं, उनमें आपका ब्रोकर मार्जिन भी कम चार्ज करता है, जैसे—एक कम वॉल्यूम वाले मिड कैप शेयर में यदि आप 10 हजार रुपए के शेयर मार्जिन पर खरीदना या बेचना चाहते हैं तो आपका ब्रोकर 3 हजार से 4 हजार तक मार्जिन ब्लॉक कर सकता है; पर ज्यादा वॉल्यूम वाले लार्ज कैप स्टॉक में 10 हजार की ट्रेड मात्र 800 से 1,600 रुपए मार्जिन पर ही मिल जाती है।

मार्जिन राशि फिक्स नहीं होती। ये शेयर की तरलता के आधार पर तय की जाती है। इसलिए ज्यादा वॉल्यूम वाले शेयरों का ही ट्रेड के लिए चयन करना चाहिए। मेरी आपको यह भी सलाह है कि आप पिछले दिन के ज्यादा वॉल्यूम वाले शेयरों का ट्रेड के लिए चयन करें, क्योंकि ऐसा करने पर आपकी सफलता की दर और भी बढ़ जाती है। एन.एस.ई. की वेबसाइट से आप पिछले दिन की भाव कॉपी की एक्सेल शीट डाउनलोड कर सकते हैं, फिर उसमें उस दिन हुए

सबसे ज्यादा ट्रेड वाले शेयरों का चयन कर सकते हैं।

या इसकी एक विधि और भी है। आप एन.एस.ई. की वेबसाइट पर निम्न चित्र के अनुसार लाइव मार्केट लिंक पर जाएँ तथा उस दिन की सबसे ज्यादा एक्टिव सिक्योरिटीज का चयन कर लें। आपकी सुविधा के लिए मैं इसका स्क्रीनशॉट उपलब्ध करवा रहा हूँ। आप इसमें ध्यान से देखिए, आपको किस लिंक पर जाना है—

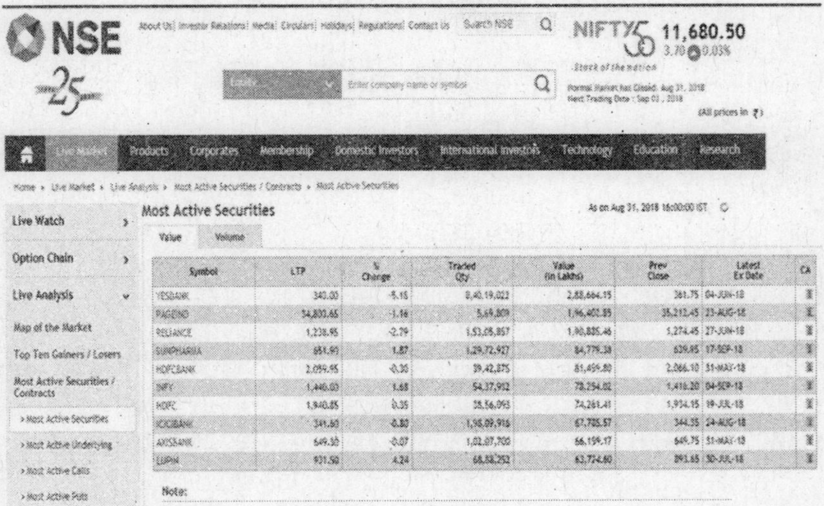

Symbol	LTP	% Change	Traded Qty	Value (in Lakhs)	Prev Close	Latest Ex Date	CA
YESBANK	340.00	-5.15	8,40,19,022	2,88,664.15	361.75	04-JUN-18	
PAGEIND	34,803.65	-1.16	5,69,809	1,96,402.85	35,212.45	23-AUG-18	
RELIANCE	1,238.95	-2.79	1,53,05,857	1,90,835.46	1,274.45	27-JUN-18	
SUNPHARMA	651.90	1.87	1,29,72,927	84,779.38	639.95	17-SEP-18	
HDFCBANK	2,059.95	-0.30	39,42,875	81,459.80	2,066.10	31-MAY-18	
INFY	1,440.03	1.68	54,37,952	78,254.02	1,416.20	04-SEP-18	
HDFC	1,940.85	0.35	38,56,093	74,261.41	1,934.15	19-JUL-18	
ICICIBANK	341.60	-0.80	1,96,09,916	67,705.57	344.35	24-AUG-18	
AXISBANK	649.30	-0.07	1,02,07,700	66,159.17	649.75	31-MAY-18	
LUPIN	931.50	4.24	68,88,252	63,724.60	893.65	30-JUL-18	

Note:

अब आपको यह कैसे पता चलेगा कि ये शेयर बढ़ने वाले हैं या घटने वाले, इसके लिए इस पुस्तक में आगे बताया जाएगा।

आज की टिप्स याद रखें—पिछले दिन जो शेयर सबसे ज्यादा ट्रेड वाले थे, उनमें आपको आज ट्रेडिंग करनी है, क्योंकि आजकल जिन्होंने प्रॉफिट की उम्मीद में शेयर लिया था, वह बेच सकते हैं, जिससे शेयर गिर सकता है और आप शॉर्ट सेलिंग करके मुनाफा कमा सकते हैं या कल जिस उम्मीद से ज्यादा ट्रेड हुआ था, वह उम्मीद आज भी जारी रही तो शेयर और भी बढ़ सकता है। आप उसमें लॉन्ग पोजीशन लेकर मुनाफा कमा सकते हैं।

□

7

शेयर कभी अच्छे या बुरे नहीं होते— या तो गिरनेवाले शेयर होते हैं या बढ़नेवाले

पिछली छह टिप्स में आपने मुझसे यह सीख लिया है कि शेयर बाजार में ट्रेड की शुरुआत आप छोटी राशि से भी कर सकते हैं तथा आपको मुनाफे व स्टॉप लॉस का एक उचित अनुपात रखकर अलग-अलग ट्रेड लेकर मुनाफा कमाना है; क्योंकि ऐसा कोई परफेक्ट सिस्टम नहीं होता, जिससे ट्रेड के सही या गलत जाने का 100 प्रतिशत सटीक अनुमान लगाया जा सके। परंतु आप यदि मुनाफे व स्टॉप लॉस में 2:1 का अनुपात रखते हैं तो 12 में से 7 गलत 5 सही ट्रेड पर भी आप मुनाफा कमा सकते हैं, जैसे—10,000 रुपए की ट्रेड लेने पर आपका 100 रुपए का मुनाफे का टारगेट एवं 50 रुपए का स्टॉप लॉस हो तो 7 गलत ट्रेड में आपका नुकसान 350 रुपए होता है तथा 5 सही ट्रेड में आपका फायदा 500 रुपए होता है। कुल मिलाकर आप 150 रुपए की कमाई करते हैं।

जबकि आप अनाड़ी नहीं हैं तो ऐसा नहीं हो सकता कि आपकी 12 में से 7 गलत ट्रेड हो जाए। वास्तव में इसका उलटा होता है। 12 में से 6-7 ट्रेड सही जाती है और 5-6 गलत भी जा सकती है, जो नॉर्मल है। बड़े-बड़े ट्रेडरों के साथ भी ऐसा होता है, तभी तो स्टॉप लॉस बना है।

मैंने निकोलस डारवस की एक पुस्तक पढ़ी थी, जिसका शीर्षक है—'शेयर बाजार से कैसे कमाए मैंने 10 करोड़'। इसमें उन्होंने एक ही बात पर बल दिया है कि शेयर कभी अच्छे या बुरे नहीं होते। मार्केट में दो ही प्रकार के शेयर होते हैं—एक, जो बढ़ रहे हैं; दूसरे, जो गिर रहे हैं। अत: आपको बस, इनको पहचानना ही आना चाहिए। इससे आप ट्रेडिंग करके पैसा कमा सकेंगे।

वैसे तो बढ़ने व गिरनेवाले शेयरों को पहचानने के लिए अनेक सिस्टम बने हैं। कैंडलस्टिक चार्ट पर आर.एस.आई. आदि अनेक इंडीकेटर इसके लिए बने हैं; पर इन सब सिस्टम्स के बारे में प्रकाश डालने से पूर्व अगली टिप्स में मैं आपको पहले अपना सिस्टम बताऊँगा कि मैं बढ़ने व गिरनेवाले शेयरों को ट्रेड के लिए कैसे पहचानता हूँ ?

□

8

ट्रेडिंग के अलग-अलग सेगमेंट्स को मिक्स न करें

शेयर बाजार में ट्रेडिंग व निवेश के पाँच अलग-अलग सेगमेंट्स या परिक्षेत्र हैं। प्राय: नए ट्रेडर इनमें स्पष्ट विभाजन रेखा नहीं खींच पाते तथा ट्रेडिंग के इन पाँच परिक्षेत्रों को आपस में मिलाकर देखते हैं, जिससे वे ट्रेडिंग व निवेश—दोनों में असफल हो जाते हैं।

ये पाँच क्षेत्र इस प्रकार हैं—

1. इंट्रा-डे ट्रेडिंग या मार्जिन ट्रेडिंग
2. स्विंग ट्रेड या बाय टुडे सेल टुमारो ट्रेड (बी.टी.एस.टी.)
3. फ्यूचर या डेरिवेटिव्ज में ट्रेड
4. ऑप्शन में ट्रेड
5. कैश में डिलिवरी बेस ट्रेड।

वास्तव में, इंट्रा-डे में कोई शेयर मार्केट खुलने पर यदि खरीदते या बेचते हैं (आप अपने ब्रोकर से शेयर उधार लेकर पहले बेच सकते हैं और शाम को मार्केट बंद होने से पहले वापस खरीद करके ब्रोकर को लौटा सकते हैं। इसे 'शॉर्ट सेलिंग' कहते हैं। ऐसा ट्रेड तब करते हैं, जब किसी शेयर का प्राइस गिरने की संभावना होती है) तथा शाम को मार्केट वापस बंद होने तक शेयर वापस बेचकर या शॉर्ट किया था तो खरीदकर अपना लाभ या हानि जो भी हो, उसे बुक कर लेते हैं तो ट्रेडिंग का यह परिक्षेत्र इंट्रा-डे ट्रेड या मार्जिन ट्रेड कहलाता है।

स्विंग ट्रेड या बी.टी.एस.टी. ट्रेड में आपके शेयरों को रखने की अवधि 2 से 3 दिन या 30 दिन तक भी हो सकती है, अर्थात् इसमें इंट्रा-डे की तरह उसी

दिन शाम को शेयरों की पोजीशन नहीं काटते। इसमें पोजीशन को यदि अगले दिन काटते हैं तो इसे बी.टी.एस.टी., अर्थात् 'बाय टुडे सेल टुमारो' कहते हैं; पर बी.टी. एस.टी. ही आवश्यक नहीं है। एक दिन से लेकर एक माह तक की होल्डिंग वाली ट्रेड को आप 'स्विंग ट्रेड' कह सकते हैं। इसमें शेयरों को इंट्रा-डे से ज्यादा और कैश में खरीदारी करके होल्ड रखने से कम अवधि तक होल्ड किया जाता है।

फ्यूचर या डेरिवेटिव्ज में ट्रेड करते समय सीधे शेयरों में निवेश न करके एक निश्चित तारीख को शेयर खरीदने या बेचने का एग्रीमेंट किया जाता है। उस तारीख को 'एक्सपाइरी' कहते हैं। ये 7 दिन (जैसे बैंक निफ्टी में) एवं 30 दिन (जैसे निफ्टी व अन्य शेयरों में) की अवधि हो सकती है, परंतु इसमें शेयरों को लॉट में खरीदने पड़ते हैं। एक लॉट की साइज 5 से 10 लाख रुपए के मूल्य की भी हो सकती है। इसमें भी मार्जिन पर ट्रेड करने की सुविधा मिलती है।

ऑप्शन एक प्रकार का बीमा है। इसमें आप एक फिक्स तारीख़ को शेयर खरीदने/बेचने का सौदा करके बदले में प्रीमियम चुकाते हैं। उस तारीख को आपको शेयर खरीदने/बेचने पर आपके चुकाए गए प्रीमियम से ज्यादा राशि मिलती है तो आप मुनाफे में रहते हैं और प्रीमियम से कम राशि मिलती है तो आपको नुकसान होता है। फ्यूचर की तुलना में ऑप्शन इसलिए सुरक्षित होता है, क्योंकि इसमें आपका ज्यादा-से-ज्यादा नुकसान आप द्वारा चुकाए गए प्रीमियम तक ही सीमित होता है।

पाँचवाँ प्रकार कैश में डिलिवरी ट्रेड है। इसमें आप शेयरों की पूरी कीमत कैश में चुकाकर शेयरों की अपने डी मैट खाते में फिजिकल डिलिवरी ले लेते हैं। इसके भी दो प्रकार हैं—जब आप एक साल से पहले शेयर्स बेचते हैं तो इसे शॉर्ट टर्म ट्रेडिंग कहते हैं और एक साल होल्ड करके बेचते हैं तो लॉन्ग टर्म ट्रेडिंग कहते हैं।

तो इस टिप्स का अर्थ यही है कि आप उक्त पाँचों परिक्षेत्रों को मिक्स नहीं करें। जैसे—रोहित इंट्रा-डे में एक शेयर में पोजीशन लेता है, जो कि 10,000 रुपए की पोजीशन है। रोहित सोचता है कि मार्केट बंद होने तक इसमें जो भी मुनाफा या नुकसान होगा, ले लूँगा। रोहित को इस पोजीशन के लिए 1,500 रुपए की मार्जिन देनी पड़ती है। अब रोहित का ट्रेड 60 रुपए के नुकसान पर आ जाता है, पर रोहित

पोजीशन नहीं काटता है। वह सोचता है कि वापस बढ़ जाएगा। शाम तक यह नुकसान बढ़कर 350 रुपए का हो जाता है, पर रोहित का मन इसे स्वीकार नहीं कर पाता। वह सोचता है कि कल तो यह पक्का बढ़ ही जाएगा। फालतू 350 रुपए की मार क्यों खाते हैं। वह ब्रोकर को 1,500 मार्जिन के स्थान पर पूरे 10,000 मार्जिन देकर शेयरों की इंट्रा-डे पोजीशन को डिलिवरी में चेंज कर देता है।

अब डिलिवरी आने में 2-3 दिन का समय लगता, उससे पहले रोहित इनको बेचकर बी.टी.एस.टी. ट्रेड या स्वपग ट्रेड करना चाहता है; पर अगला दिन भी निराशाजनक रहता है। अब नुकसान बढ़कर 730 रुपए हो जाता है। रोहित सोचता है कि कोई बात नहीं, कल बेच लेंगे। अगले दिन शेयर बढ़ता है, पर नुकसान पूरा कवर नहीं होता, वह अब भी 240 रुपए के नुकसान में होता है। रोहित सोचता है कि अब तो शेयर वापस बढ़ने लग गया है। डिलिवरी आने दो, थोड़ा और रुककर शॉर्ट टर्म ट्रेडिंग में मुनाफा कमाकर ही निकलेंगे।

पर शेयर वापस गिरता है। अब रोहित 1,200 रुपए के नुकसान में रहता है। वह शॉर्ट टर्म से लॉन्ग टर्म निवेशक बन जाता है। वह सोचता है, चाहे साल भर रुकना पड़े, पर मुनाफा तो लेकर ही रहना है।

ऐसे निवेशक नुकसान वाले शेयरों को 4-5 साल भी होल्ड रखते हैं।

आपने रोहित के उदाहरण में क्या देखा? रोहित इंट्रा-डे से बी.टी.एस.टी. में, फिर कैश में, फिर शॉर्ट टर्म में, फिर लॉन्ग टर्म में शिफ्ट हो गया, जो कि गलत है। इन अलग-अलग सेगमेंट्स को इस प्रकार मिक्स करना ही गलत कदम था।

जैसा कि इस पुस्तक के शुरू की टिप्स में बताया गया है कि यदि आप इंट्रा-डे कर रहे हैं तो 1/2 प्रतिशत नुकसान में आने पर आपको अपनी पोजीशन काट लेनी है या 1 प्रतिशत मुनाफा मिलने पर आपको प्रॉफिट बुक कर लेना है। तो इस स्थिति में रोहित जब इंट्रा-डे में पोजीशन ले रहा था तो उसको 10,000 रुपए का आधा प्रतिशत अर्थात् 50 रुपए स्टॉप लॉस लगाना था। उसके 50 रुपए नुकसान बुक कर लेने पर उसका मार्जिन फ्री हो जाता तथा वह उसी मार्जिन से 10,000 रुपए की दूसरी इंट्रा-डे पोजीशन लेकर उसमें 1 प्रतिशत अर्थात् 100 रुपए मुनाफा कमा लेता तो उसको कुल मिलाकर 50 रुपए का फायदा ही होता तथा वह वापस इसी मार्जिन से तीसरी ट्रेड भी ले सकता था। इस टिप्स का यही सारांश है कि

मार्केट के अलग-अलग परिक्षेत्रों के मध्य स्पष्ट सीमा रेखा रखें तथा ट्रेड लेते समय ही तय करें कि आपका टारगेट, स्टॉप लॉस व टाइम फ्रेम क्या है।

लेखक की सलाह है कि आप इंट्रा-डे की जगह स्विंग ट्रेड करें और भविष्य में ट्रेड करने की जगह ऑप्शन में ट्रेड लें। इससे आपको नुकसान होने की संभावना कम होगी और लाभ की संभावना ज्यादा रहेगी। आगे की टिप्स में स्विंग ट्रेड व ऑप्शन ट्रेड पर विस्तार से प्रकाश डाला जाएगा।

□

9

अपने लालच एवं डर पर नियंत्रण रखें

एक अंग्रेज ट्रेडर ने अपनी पुस्तक में लिखा है कि मनुष्य स्वभाव से ही एक असफल ट्रेडर होता है, क्योंकि उसमें लालच एवं डर की नैसर्गिक वृत्तियाँ पाई जाती हैं।

इसलिए जैसे सेना का प्रशिक्षण एक व्यक्ति को सैनिक बना देता है, विज्ञान की पढ़ाई का प्रशिक्षण वैज्ञानिक बना देता है, वैसे ही शेयर बाजार में ट्रेडिंग करना भी एक आर्ट है, जिसमें सतत अभ्यास व भावनाओं पर नियंत्रण करके ही इस कला को सीखा जा सकता है।

असल में, लालच व डर दो ऐसी भावनाएँ हैं, जो आपको एक असफल ट्रेडर में बदल सकती हैं। कैसे?

जब आप एक सफल ट्रेड में होते हैं तो आप लालच कर सकते हैं कि मुनाफा और बढ़ने दें; पर अचानक मुनाफा बढ़ते-बढ़ते वापस घटने लगता है। आप सोचते हैं, थोड़ा और रुकें; पर मुनाफा इतनी तेजी से गिरता है कि आपकी लाभ की ट्रेड हानि में आ जाती है। आप फिर लालच करते हैं, स्टॉप लॉस नहीं लगाते तो यह ट्रेड बड़े नुकसान में बदल जाती है।

अगली बार आप ट्रेड लेते हैं तो आप में डर की वृत्ति हावी हो जाती है। जैसे ही थोड़ा सा मुनाफा मिलता है, आप मुनाफा वापस चला नहीं जाने के डर से डरकर छोटा-सा मुनाफा बुक कर लेते हैं; जबकि उस ट्रेड में आपको बड़ा मुनाफा मिल सकता था।

तो इन्हीं मानसिक वृत्तियों पर नियंत्रण सिखाने के लिए आपको पिछली टिप्स

में 1 प्रतिशत मुनाफे का टारगेट तथा आधा प्रतिशत का सख्त स्टॉप लॉस रखने की हिदायतें दी गई हैं।

जब आप दिन में अपनी स्थिति को विजेता की स्थिति में ले आते हैं, तब टारगेट व स्टॉप लॉस बड़ा कर सकते हैं। मान लो, आप एक ट्रेड में 10,000 रुपए की ट्रेड लेते हैं और 100 रुपए का मुनाफा या 50 रुपए के नुकसान का टारगेट रखते हैं तथा सौभाग्य से आपकी पहली 7 ट्रेड में से 5 सही चली जाती है तो आप उस दिन 5 सही ट्रेड में 500 रुपए कमाते हैं और 2 गलत ट्रेड में 100 रुपए गँवाते हैं तो कुल मिलाकर अब आप 400 रुपए फायदे में आ चुके है। ऐसी स्थिति में अब आप 2 प्रतिशत मुनाफे का टारगेट और 1 प्रतिशत स्टॉप लॉस के साथ भी ट्रेड लेंगे तो आपको हानि होने की संभावना नहीं है।

कुल मिलाकर अपने लालच एवं डर पर नियंत्रण रखें तथा मुनाफे व स्टॉप लॉस में 2:1 का अनुपात रखें। शुरू में छोटे टारगेट तथा उससे भी छोटे स्टॉप लॉस के साथ ट्रेड करें। एक बार आप अच्छा मुनाफा कमा लेते हैं तो धीरे-धीरे उस दिन के लिए टारगेट व स्टॉप लॉस को इस प्रकार थोड़ा बढ़ा सकते हैं कि दिन के अंत में आपका पूरा कमाया हुआ मुनाफा नहीं जाना चाहिए।

□

10

इंट्रा-डे में गिरती हुई पोजीशन को एवरेज आउट नहीं करें

इस टिप्स को अच्छी तरह से समझने के लिए कहानी सुनें। एक सब्जी बेचनेवाली एक टोकरी भिंडी खरीद लेती है और उसे रिटेल ग्राहकों को बेचने बैठ जाती है। पर उस दिन मार्केट में भिंडी की डिमांड कम होती है तथा दूसरे, बड़े व्यापारी के पास बाहर से भिंडी का ट्रक आ गया है। वह सस्ते में भिंडी की टोकरी 60 रुपए प्रति कि.ग्रा. के भाव से खरीदकर लाई थी और 65 रुपए प्रति कि.ग्रा. के भाव से बेच के मुनाफा कमाना चाहती थी, पर उसकी भिंडी 65 रुपए प्रति कि.ग्रा. की तुलना में सब्जी का बड़ा व्यापारी 50 रुपए प्रति कि.ग्रा. ही भिंडी बेच रहा है।

तो क्या वह सब्जी बेचनेवाली एक और भिंडी की टोकरी इस उम्मीद में 50 रुपए के भाव पर खरीद लेगी कि इससे उसके दोनों टोकरों का औसत मूल्य 55 रुपए प्रति कि.ग्रा. हो जाएगा तथा जब भी बड़े व्यापारी का माल खत्म हो जाएगा, वो 60 रुपए प्रति कि.ग्रा. बेच लेगी?

आपका उत्तर यदि 'हाँ' में है तो यह गलत है, क्योंकि इंट्रा-डे पोजीशन जैसे शाम को मार्केट बंद होने से पहले काटनी जरूरी होती है, वैसे ही सब्जीवाली की सब्जी भी शाम तक नहीं बिकती तो खराब हो जाती है। इस बात की गारंटी नहीं है कि शाम तक बड़े व्यापारी की भिंडी बिककर खत्म हो जाएगी, क्योंकि उस दिन आपूर्ति माँग से ज्यादा हो गई है।

इसलिए वह सब्जीवाली ऐसा नहीं करती, क्योंकि उसे दिख रहा है कि एक टोकरा तो खराब हो ही रहा है, दूसरा टोकरा और खरीद लिया तो आज मार्केट में भिंडी वैसे भी ज्यादा आई हुई है, शाम तक बड़े व्यापारी का माल बिक जाएगा

तथा भाव वापस बढ़ जाएँगे, इसकी क्या गारंटी है? उलटा, उसका नुकसान और बढ़ जाएगा, क्योंकि बड़े व्यापारी की भिंडी जब शाम को बासी पड़ने लगेगी, तब वह भाव और कम 40 रुपए प्रति कि.ग्रा. ही कर देगा।

एक कम पढ़ी-लिखी सब्जी विक्रेता व्यापार करना जानती है। वह पहले से जो सब्जी नहीं बिक रही, उसको और ज्यादा खरीदकर एवरेज आउट नहीं करती; पर शेयरों में ट्रेडर जब खरीद लेता है तथा उसकी पोजीशन नुकसान में आ जाती है तो उसके अहं को चोट लगती है। वह सोचता है, यह टिप्स तो इतने बड़े रिसर्च एनालिस्ट की है, यह फेल नहीं हो सकती। इसलिए वह गिरते हुए दाम पर शेयर और खरीदकर एवरेज आउट कर लेता है। पर जब शाम तक भी भाव नहीं बढ़ते तो वह दुगुना नुकसान उठाकर रिसर्च एनालिस्ट को भी गालियाँ निकालता है तथा फिर से एक नई परफेक्ट टिप्स की तलाश में निकल जाता है, जो अंतहीन खोज है। किसी भी रिसर्च एनालिस्ट की टिप्स 100 प्रतिशत सफल नहीं जाती। शेयरों में यदि ट्रेड करना है तो इसकी कला एक ही है कि इंट्रा-डे में आप गिरती हुई पोजीशन को एवरेज आउट नहीं करें। स्टॉप लॉस रखें तथा हानि व लाभ का अनुपात 1:2 रखें।

हालाँकि स्विंग ट्रेड, जिसमें पोजीशन एक दिन से तीस दिन तक होल्ड की जाती है, उसमें गिरती हुई पोजीशन को कुछ निश्चित नियमों के तहत लगातार एवरेज आउट करने की अनुमति है। उसमें हम प्रत्येक एवरेज आउट के साथ मुनाफे का टारगेट भी लगातार कम करते रहते हैं।

इस प्रकार की स्विंग ट्रेड पर पुस्तक के आगे के भाग में विस्तार से बताया जाएगा। फिलहाल आप ध्यान रखें—इंट्रा-डे में यदि आपकी पोजीशन में मुनाफा नहीं होकर उलटा नुकसान हो रहा है तो उसमें एवरेज आउट करने की जगह बाहर निकलने में ही फायदा है, जैसे उस सब्जीवाली ने भिंडी के भाव और कम होने से पहले तथा भिंडी के खराब होने से पहले ही भिंडी नुकसान में बेचकर और ज्यादा नुकसान होने से बचा लिया तथा उन्हीं पैसों से उसने दूसरी सब्जी खरीदकर उसमें मुनाफा कमाकर नुकसान को भी रिकवर कर लिया।

असल में, कभी-कभी इंट्रा-डे में भी ऐसे एवरेज करने पर मुनाफा हो जाता है, क्योंकि शेयर मार्केट काफी अनिश्चित होता है। किसी-किसी के साथ 'अंधे

के हाथ बटेर लगी' जैसी कहावत चरितार्थ हो जाती है; पर ज्यादातर इंट्रा-डे में एवरेज आउट के मामलों में नुकसान और बढ़ जाता है, इसलिए ट्रेडिंग करते समय लालच व डर जैसी भावनाओं के साथ-साथ आपके अहं की भावना को भी दूर रखना होता है। मैं गलत नहीं हूँ या फलाँ सर गलत नहीं हो सकते या मैं इसी ट्रेड से लाभ कमाकर रहूँगा, ऐसा ईगो रखना गलत है।

ट्रेड लेने से पूर्व ही टारगेट व स्टॉप लॉस तय कर लीजिए तथा फिर उनका सख्ती से पालन कीजिए। व्यापार को व्यापार की तरह कीजिए। इसे क्रिकेट के मैच की तरह हार-जीत का प्रश्न न बनाएँ।

प्रैक्टिकल अभ्यास—किसी ऐसे ट्रेडर की तलाश कीजिए, जिसे इंट्रा-डे में बहुत बड़ा नुकसान हुआ हो। उससे पूछिए कि क्या आपने गिरती हुई पोजीशन को एवरेज आउट किया था ?

आप देखेंगे कि लगभग शत-प्रतिशत मामलों में उसका उत्तर 'हाँ' में होगा।

□

11

ट्रेडिंग के लिए सबसे अच्छा इंडीकेटर कौन सा है

मेरे पास प्रतिदिन ऐसे बहुत से इ-मेल्स और यू-ट्यूब कमेंट्स, ब्लॉग कमेंट्स आते हैं कि मैं ट्रेडिंग के लिए टेक्निकल चार्ट का एनालिसिस सिखाते हुए ट्रेडिंग के लिए टेक्निकल चार्ट पर सबसे अच्छा इंडीकेटर कौन सा है, इसके बारे में जानकारी दूँ।

शेयर बाजार में टेक्निकल चार्ट पर शेयर की मूवमेंट को एनालिसिस करनेवाले 200 से अधिक इंडिकेटर, जैसे—RSI, VWAP, IMI, EMA, DMA, SMA उपलब्ध हैं। इनमें से कुछ बहुत साधारण हैं तो कुछ बहुत जटिल हैं।

सभी ट्रेडर यह तलाशते रहते हैं कि इतने सारे इंडिकेटर में सबसे बेस्ट कौन सा है ? आमतौर पर नए ट्रेडर तो ऐसे किसी परफेक्ट इंडिकेटर की तलाश में रहते हैं, जो अलादीन के चिराग की तरह हो तथा जो शत-प्रतिशत सही व सटीक जाए।

इस बेस्ट इंडीकेटर की तलाश में वे शेयर बाजार पर नई-नई पुस्तकें पढ़ते हैं। हो सकता है, आपने भी यह पुस्तक इस परफेक्ट ट्रेडिंग सिग्नल की प्यास को पूरा करने के लक्ष्य से ही खरीदी हो। इंट्रा-डे ट्रेडिंग व टेक्निकल चार्ट एनालिसिस पर लाखों पुस्तकें उपलब्ध हैं। सभी में एक-दो या तीन-चार सिग्नल मिक्स करके ट्रेडिंग पर लंबे-चौड़े ज्ञान दिए जाते हैं; पर नया ट्रेडर जब पुस्तक पढ़कर उसके ज्ञान को यथार्थ के धरातल पर परखने जाता है तो उसे लगता है, यह सिस्टम भी परफेक्ट नहीं है।

उसकी तलाश फिर शुरू हो जाती है। यू-ट्यूब पर इस विषय पर करोड़ों की संख्या में वीडियो उपलब्ध हैं। उनको देखने से ऐसा लगेगा कि आज तो परफेक्ट

ट्रेडिंग सिस्टम मिल ही गया, पर फिर प्रैक्टिकल ट्रेडिंग में उस सिस्टम से कुछ दिन फायदा होता है। फिर इतना नुकसान होता है कि स्टॉप लॉस उड़ते-उड़ते वह फायदा भी चला जाता है।

अब मैं आपको जो बेस्ट इंडिकेटर बताने वाला हूँ, वह थोड़ा कड़वा है, पचाने में भारी है, नए ट्रेडर को तो बिल्कुल हजम नहीं होता; पर यह शाश्वत सत्य है। वह आप जितना जल्दी आत्मसात् कर लेंगे, उतने ही लंबे समय तक आप बाजार में टिके रह सकेंगे। वह बेस्ट इंडिकेटर वह शाश्वत सत्य यह है कि 'शेयर मार्केट में इंट्रा-डे ट्रेडिंग के लिए कोई भी सिस्टम परफेक्ट नहीं है।'

तो क्या करें?

कुछ नहीं। इसमें आपको हमेशा ध्यान रखना है कि 100 प्रतिशत परफेक्ट सिस्टम की तलाश छोड़कर अपने सिस्टम से, अर्थात् जिस भी तरीके से आपको आप की ट्रेड सफल होने की संभावना ज्यादा लगे, उस सिस्टम से छोटी पोजीशन लेनी है तथा लाभ व नुकसान को 2:1 में रखते हुए ही लाभ कमाने का प्रयास करना है, जिसका वर्णन पहले दिया जा चुका है।

वैसे, मेरी निजी राय में VWAP से ब्रेकआउट का इंडीकेटर सबसे ज्यादा सही जाता है। इसके बारे में आपको टिप्स सं. 15 में बताया जाएगा।

प्रैक्टिकल अभ्यास—इंट्रा-डे में 14 दिन की आर.एस.आई. के अनुसार जो शेयर चार्ट पर ओवरसोल्ड दिख रहा हो, उसे खरीदें तथा ओवरबोट दिख रहा हो, उसे बेचें। आप देखेंगे कि यह विधि ज्यादातर मामलों में सही जा रही है, पर हमेशा नहीं। कभी-कभी इस चार्ट पर शेयर ओवरसोल्ड या ओवरबोट दिखता है, परंतु आपको उसके अनुसार ट्रेड करने पर फायदे की जगह नुकसान ही होता है।

इसका अर्थ यही है कि टेक्निकल इंडीकेटर हमेशा सही नहीं होते, इसलिए इनके आधार पर अपनी मेहनत की कमाई को छोटे-छोटे स्टॉप लॉस में गँवाना उचित नहीं है। आपको या तो फुल टाइम ट्रेडर बनकर हर वक्त स्क्रीन पर नजर जमाकर बैठना पड़ेगा या आज नहीं तो कल, स्विंग ट्रेड में आना ही पड़ेगा।

इंट्रा-डे में ज्यादातर सही जानेवाले इंडीकेटर जब आप ट्रेड लेते हैं, उसी समय फेल क्यों हो जाते हैं, यह आप अगली टिप्स में जानेंगे।

□

12

ध्यान रखें, आपके ट्रेड को कोई देख रहा है

कहते हैं कि दीवारों के भी कान होते हैं। वर्तमान में जब कंप्यूटर सिस्टम्स से ट्रेडिंग होती है, तब आपकी इंट्रा-डे पोजीशन को आपके ऑनलाइन ट्रेडिंग सेवा-प्रदाता की स्क्रीन पर आसानी से देखा जा सकता है। मार्केट डेप्थ में आप भी आसानी से मार्केट में उपलब्ध ऑर्डर को देख सकते हैं।

इससे आपकी ली गई पोजीशन, आपने मार्जिन पोजीशन ली है या कैश एंड कैरी ली है, सबकुछ आपका ऑनलाइन ट्रेडिंग सेवा-प्रदाता तो देख ही सकता है। इसके अलावा ब्रोकर, सब ब्रोकर, ट्रेडिंग मेंबर आदि कौन-कौन आपकी पोजीशन को देख सकते हैं, यह कहना मुश्किल है, पर कंप्यूटर के युग में असंभव भी नहीं है।

आप सोच रहे होंगे कि भाई, कोई यदि मेरे ऑर्डर, मेरे ट्रेडिंग पोजीशन को देख भी लेता है तो इससे मुझे क्या फर्क पड़ने वाला है?

क्या आपने कभी ताश खेली है?

क्या आप अपने पत्ते दूसरों को देखने देते थे?

ताश में आपके पत्ते आपके विपक्षी खिलाड़ी द्वारा देख लिये जाएँ तो आपको क्या फर्क पड़ता?

मैं, इस पुस्तक का लेखक इस बारे में शत-प्रतिशत निश्चिंत नहीं हूँ कि आपकी इंट्रा-डे व मार्जिन पोजीशन को कौन-कौन देख सकता है तथा इसका क्या-क्या दुरुपयोग होने की संभावना है?

पर यदि इसकी 1 प्रतिशत भी संभावना है तो आप खतरे में हैं। मेरी पत्नी के पास तो एक ऑनलाइन ट्रेडिंग प्लेटफॉर्म से फोन भी आया था। कोई महिला

बोल रही थी, "सीमाजी, मैं देख रही हूँ, आप स्टॉप लॉस बहुत छोटा रखती हैं, जो अकसर हिट हो जाता है।" इस पर मैंने उनसे पूछा कि आप कौन बोल रही हैं। वह बोली, "मैं सीमाजी की ट्रेडिंग मैनेजर हूँ।" मैंने कहा कि आपको हमारी पोजीशन व स्टॉप लॉस देखने का क्या अधिकार है?

उसने बताया कि हमारी कंपनी ने ग्राहकवार रिलेशनशिप मैनेजर नियुक्त किए हैं, ताकि हम ट्रेडिंग में पैसा कमाने के लिए आपका मार्गदर्शन कर सकें। सीमाजी की ट्रेडिंग आई.डी. मेरे अंडर में दी हुई है, इसलिए मैं उनकी हर ट्रेड, प्रॉफिट बुकिंग या लॉस बुकिंग व स्टॉप लॉस देख पाती हूँ।

अब आप सोचें कि आपने रिलायंस के 1,000 शेयर मार्जिन पर 1,043 रुपए के भाव पर खरीदे हैं। आप 1,048 रुपए का टारगेट रखते हैं और 1,038 रुपए का स्टॉप लॉस रखते हैं।

एक बड़ा ऑपरेटर यदि यह पोजीशन देख सकता है, जो उसे पता है, मार्केट में कितने-कितने ऑर्डर किस-किस भाव पर लगे हैं। उसे दिख रहा है कि यदि वह रिलायंस के 5,000 शेयर एक साथ बेच देता है तो आपका स्टॉप लॉस हिट हो जाएगा, क्योंकि 5,000 शेयर एक साथ बेचने पर भाव 1,043, 1,042, 1,041, 1,040··· इस प्रकार गिरते-गिरते कम होकर 1,035 रुपए पर आ जाएगा तो आपका स्टॉप लॉस 1,038 रुपए पर हिट हो जाएगा। उसी समय वह 5,000 शेयर वापस भी खरीद लेगा।

उसके 5,000 शेयर 1,043 से 1,035 रुपए के बीच बिके। आपके जैसे बहुत से ट्रेडर इस नुकसान पर शेयर बेचकर पोजीशन काटना चाहेंगे। उनसे वह 1,035 से 1,038 के बीच में 5,000 शेयर वापस ले लेगा तो उसे अच्छा-खासा लाभ होगा और आपको स्टॉप लॉस हिट होने से 1,000 शेयरों पर 5 रुपए प्रति शेयर के हिसाब से 5,000 का घाटा होगा।

प्रैक्टिकल अभ्यास—मार्केट में किसी लो वॉल्यूम शेयर की तलाश करें। उसकी मार्केट डेप्थ देखें। मार्केट डेप्थ देखना मैंने टिप्स सं. 3 में बताया है। आपको एन.एस.ई. या बी.एस.ई. की साइट पर जो मार्केट डेप्थ दिखती है, वह प्रायः रियल टाइम नहीं होती। इसमें कुछ सेकंड्स का अंतर हो सकता है, पर

जीरोधा काइट जैसे ट्रेडिंग प्लेटफॉर्म पर यह लगभग रियल टाइम दिखती है।

माना कि शेयर का भाव 16.10 पर चल रहा है। मार्केट डेप्थ में निम्न प्रकार से आपको ऑर्डर दिख रहे हैं—

खरीद ऑर्डर

16.10 पर 500 शेयर

16.05 पर 1 शेयर

16.00 पर 5 शेयर

15.95 पर 8 शेयर

15.90 पर 1,000 शेयर

बिक्री ऑर्डर—

16.15 पर 503 शेयर

16.20 पर 10 शेयर

16.25 पर 15 शेयर

16.30 पर 88 शेयर

16.35 पर 58 शेयर।

इस अभ्यास को करने के लिए आपको देखना होगा कि वॉल्यूम बहुत कम है तथा काफी समय से बोलियाँ इसी प्रकार रुकी हुई हैं तो यदि आपके पास 16.15 से 16.35 के बीच बिक्री के लिए उपलब्ध सभी शेयरों, अर्थात् 503++,10,15,88,58 कुल 674 शेयरों को 16.35 के भाव पर खरीदने लायक ऑर्डर डालने का पैसा है, अर्थात् आपके पास 16,500 रुपए मार्जिन है तो आप एक साथ 1,000 शेयर मार्केट प्राइस पर खरीदने का ऑर्डर डालकर देखिए। आप देखेंगे, ऐसे में सभी बिक्री ऑर्डर ट्रिगर हो जाएँगे और शेयर का मार्केट प्राइस बढ़कर 16.45 के आस-पास जाएगा।

तो, इस प्रकार कोई भी बड़ा ऑर्डर डालकर शेयर प्राइस को कम-ज्यादा किया जा सकता है, इसलिए बड़े व्यापारी आपका स्टॉप लॉस एक मिनट में उड़ा सकते हैं।

यहाँ सावधानी रखें कि इस प्रयोग को करने के दौरान बड़े व्यापारी आपके

मुकाबले में तेजी से ज्यादा शेयर बेचने लग गए तो यह दाम एक सेकंड में कम होकर वापस नीचे आ सकता है और आपको इस प्रयोग में नुकसान हो सकता है। तो इस प्रकार का प्रयोग करके तभी देखें, जब आपके पास पूँजी हो। नुकसान हो तो नुकसान झेल जाने की क्षमता हो तथा जो शेयर आप चुनें, उसमें वॉल्यूम बहुत ही कम हो।

□

13

इंट्रा-डे की जगह बी.टी.एस.टी. या स्विंग ट्रेड ही करें

यदि आप इंट्रा-डे की जगह मार्जिन पर ट्रेड न करके 'कैश एंड कैरी' में शेयर लेते हैं और अगले दिन बेच देते हैं तो इसे 'बाय टुडे सेल टुमारो' कहते हैं। इसी का संक्षिप्त नाम 'बी.टी.एस.टी.' है। जब शेयरों को 2 से 30 दिन तक होल्ड करके बेचा जाता है तो इसे 'स्विंग ट्रेड' कहते हैं।

इंट्रा-डे की जगह 'बी.टी.एस.टी.' था। स्विंग ट्रेड की पोजीशन लेना आपके जीतने की संभावना को बढ़ा देता है, क्योंकि इसमें एक तो ऑपरेटर आपकी लिवरेज पोजीशन को ट्रिगर नहीं करवा सकता; दूसरा, आपके पास समय भी ज्यादा होता है, जिसमें शेयर परफॉर्म कर सकता है।

इंट्रा-डे में एवरेज आउट करना घाटे का सौदा हो सकता है; परंतु स्विंग ट्रेड में आप यदि अनुशासन के साथ बताए गए नियमों से एवरेज करते हैं और प्रत्येक एवरेज के साथ-साथ अपना प्रॉफिट टारगेट भी कम करते रहते हैं तो आप इसमें आसानी से बगैर नुकसान किए बाहर निकल सकते हैं।

स्विंग ट्रेड में चूँकि शेयरों की डिलिवरी ली जाती है, इसलिए इसको ट्रेडिंग की जगह निवेश माना जाता है। टैक्स नियमों में भी यह ट्रेडिंग का सट्टा आय के दायरे में न आकर शॉर्ट टर्म कैपिटल गेन्स के दायरे में आता है, जिसे आप इन्कम टैक्स हारवेस्टिंग से बचा सकते हैं। इन्कम टैक्स हारवेस्टिंग के बारे में आप आगामी टिप्स में पढ़ेंगे।

आगे के अध्याय में विनिंग स्विंग ट्रेड करने का शेयर जीनियेस मैथड बतलाया जाएगा।

□

14

विनिंग स्विंग ट्रेड का शेयर जीनियेस मैथड

प्रतिदिन किसी एक्सचेंज पर जितने के शेयर ट्रेड होते हैं, उनका उस ट्रेडिंग डे का सभी ट्रेड हुए शेयरों का जो औसत मूल्य होता है, उसे उस दिन का वॉल्यूम प्रभारित औसत मूल्य (VWAP) कहते हैं।

मान लें कि टी.सी.एस. केयर का 17 अक्तूबर, 2018 का वॉल्यूम प्रभारित औसत मूल्य 1,948.30 रुपए है। तो आपको इस एवरेज मूल्य 1,948.30 पर अगले दिन सिर्फ 1 शेयर खरीदने का आफ्टर मार्केट ऑर्डर या लिमिट ऑर्डर भरकर रख देना चाहिए, अर्थात् अगले दिन 18 अक्तूबर, 2018 को यदि शेयर का प्राइस पिछले दिन की VWAP पर आएगा तो शेयर आपके लिए खरीद लिया जाएगा।

मैंने पिछले डाटा का एनालिसिस करके यह निष्कर्ष निकाला है कि इस बात की 90 से 95 प्रतिशत से ऊपर संभावना होती है कि आपको पिछले दिन के वॉल्यूम वेज्ड एवरेज प्राइस पर शेयर अगले दिन मिल जाए।

इस प्रकार, यदि आप रोज पिछले दिन की VWAP पर खरीद करते हैं तथा एक दिन में सिर्फ एक ही शेयर खरीदते हैं तो उसमें यदि आपका ट्रेडिंग खाता किसी डिस्काउंट ब्रोकर के साथ है, जहाँ डिलिवरी में (कैश में) खरीदारी करने पर ब्रोकरेज नहीं लगती। ऐसे ब्रोकर में 1,000 रुपए का शेयर खरीदने पर सिर्फ 1 से 2 रुपए जी.एस.टी. व एस.टी.टी. आदि ही लगता है, तो ही आप इस विधि से ट्रेड कर सकते हैं।

ऐसे रोज एक-एक शेयर खरीदते रहिए। जब भी आपके खरीदे हुए शेयरों के एवरेज मूल्य पर 2.5 प्रतिशत मुनाफा मिले, बेचकर निकल जाइए; परंतु यह विधि

सिर्फ निफ्टी के 50 शेयरों में या सेंसेक्स के 30 शेयरों में ही करें, क्योंकि निफ्टी के 50 शेयर या सेंसेक्स के 30 शेयर यदि लगातार गिरते भी रहेंगे तो भी किसी भी बाउंस बैंक में ज्यादा-से-ज्यादा 1 या 2 माह में 2.5 प्रतिशत रिटर्न मिल ही जाता है।

मैं और विस्तार से बताता हूँ। यदि आप CNC (कैश एंड कैरी) में निफ्टी 50 या सेंसेक्स 30 के शेयरों में से रोज एक-एक शेयर पिछले दिन की VWAP पर लेंगे तो कभी 4-5 दिन में, कभी 6-7 दिन में, कभी 10-20 दिन में आपको कुल खरीदे गए शेयरों के एवरेज मूल्य पर 2.5 से 3 प्रतिशत रिटर्न मिलने की स्थिति आ जाती है। मार्केट बहुत ही बीअर फेज में चला जाए तो 30 से 60 दिन लगते हैं।

सामान्य मार्केट में 4 से 20 दिन में 2.5 प्रतिशत रिटर्न मिल सकता है।

इसका और भी एडवांस्ड मैथड भी है, जिसमें आप एक शेयर की जगह रोज 4 शेयर का ऑर्डर भरते हैं। एक पिछले दिन के VWAP पर एक पिछले दिन की VWAP से 1 प्रतिशत कम पर एक पिछले दिन के लो पर एक पिछले दिन के लो से 1 प्रतिशत कम पर जिससे आपने मान लो, टी.सी.एस. के 4 शेयर रोज ऐसे खरीदने का ऑर्डर भरा, तो कभी मार्केट गिरा हुआ रहा तो चारों ऑर्डर एक्जिक्यूट होकर 4 शेयर आ जाएँगे। कभी मार्केट ऊपर रहा तो कम-से-कम एक शेयर पिछले दिन की VWAP पर तो आ ही जाता है, कभी 2 शेयर आएँगे। इनके औसत मूल्य पर जब भी 2.5 प्रतिशत से 0.5 प्रतिशत मुनाफा मिले तो बेचकर निकलते रहिए।

यहाँ एवरेज के साथ मुनाफे का टारगेट कम करते रहना है, जैसे—पहले दिन की खरीदारी के बाद औसत मूल्य पर आपको 2.5 प्रतिशत टारगेट मिले तो लेना है, परंतु यदि आपको यह टारगेट नहीं मिला, आपने दूसरे दिन भी इसी विधि से खरीदारी की तो आपको अब औसत मूल्य पर 2 प्रतिशत टारगेट मिले तो ले लेना है।

यदि आपने तीन दिन लगातार एवरेज कर लिया तो अब 1.5 प्रतिशत टारगेट ही मिले तो ले लेना है। इससे आप सुरक्षित रहेंगे और मूल पूँजी वापस मिलते रहने से आप कम पूँजी में बार-बार ट्रेड ले सकेंगे।

दुर्भाग्य से, चार दिन एवरेज़ करने पर भी मुनाफा नहीं मिले तो टारगेट 1 प्रतिशत ही रह गया है।

हफ्ते का पाँचवाँ दिन, जो मार्केट का अंतिम ट्रेडिंग दिन है, उसमें भी आपको उक्त विधि से एवरेज करने पर लाभ नहीं होता तो आपको 0.5 प्रतिशत प्रॉफिट ले लेना चाहिए। जैसा कि मैंने ऊपर बताया, जीरोधा जैसे डिस्काउंट ब्रोकर के साथ वर्तमान में कितने भी शेयर हों, बेचते समय 16 रुपए के लगभग डिलिवरी चार्ज लगता है और 2,000 के शेयर खरीदने-बेचने पर 4 रुपए के लगभग अन्य खर्च लगते हैं, जिससे 0.5 प्रतिशत में बेचने पर भी आप यह खर्च निकालकर मामूली प्रॉफिट में बाहर निकल जाएँगे तथा अगले हफ्ते वापस 2.5 प्रतिशत टारगेट के साथ शुरू कर देंगे तो शेयर चूँकि 5 दिन से लगातार गिर ही रहा होता है, तब 2.5 प्रतिशत का बाउंस बैक मिलने की संभावना बढ़ जाती है। फंडा यह है कि आप कभी 2.5 प्रतिशत, कभी 2 प्रतिशत, कभी 1.5 प्रतिशत, कभी 1 प्रतिशत, कभी 0.5 प्रतिशत के साथ इस विधि से ट्रेड करते-करते बगैर नुकसान के आसानी से औसतन 1 प्रतिशत साप्ताहिक रिटर्न ले सकते हैं।

□

15

VWAP से ब्रेकआउट मैथड

यदि आप इंट्रा-डे में ट्रेड करते हैं तो भी आप VWAP से ब्रेकआउट पर ट्रेड कर सकते हैं। इसके लिए उस दिन के VWAP और शेयर के प्राइस पर निगाह रखिए। यदि शेयर का मार्केट प्राइस उस दिन की VWAP से ऊपर है तो उसके नीचे आने की प्रतीक्षा करें।

जैसे ही यह परिस्थिति बदले, अर्थात् शेयर VWAP से ऊपर ट्रेड करते-करते नीचे आ जाए तो आप शॉर्ट पोजीशन बनाएँ। आप देखेंगे कि ज्यादातर मामलों में उस दिन की VWAP से ऊपर ट्रेड कर रहा शेयर नीचे आ जाने के बाद और गिरकर लगभग 0.5 से 1 प्रतिशत तक और गिर ही जाता है। हालाँकि ज्यादा उतार-चढ़ाव वाले दिनों में वापस भी ऊपर जल्दी आ जाता है, इसलिए ज्यादा लालच नहीं करके 0.5 प्रतिशत रिटर्न मिले तो ले लें।

इसी प्रकार, यदि शेयर का मार्केट प्राइस उस दिन की VWAP नीचे है तो उसके ऊपर जाने की प्रतीक्षा करें। यदि यह VWAP से नीचे ट्रेड करते-करते अचानक ऊपर आ जाए तो आप उसी समय पर लॉन्ग पोजीशन बनाएँ।

आप देखेंगे कि ज्यादातर मामलों में उस दिन की VWAP से नीचे ट्रेड कर रहा शेयर ऊपर आ जाने के बाद और बढ़कर लगभग 0.5 से 1 प्रतिशत तक और बढ़ ही जाता है। हालाँकि ज्यादा उतार-चढ़ाववाले दिनों में वापस भी नीचे जल्दी आ जाता है, इसलिए ज्यादा लालच नहीं करके 0.5 प्रतिशत रिटर्न मिले तो ले लें।

यह मैथड 60 से 80 प्रतिशत मामलों में ही सही जाता है, इसलिए यह भी शत-प्रतिशत परफेक्ट नहीं है; पर ट्रेडिंग एक कला है और उस कला का यह आवश्यक भाग है।

इस विधि में स्टॉप लॉस वगैरह आप पिछली टिप्स में बताए अनुसार रख सकते हैं, अर्थात् इसमें स्टॉप लॉस व प्रॉफिट में 1:2 का अनुपात होना चाहिए।

मेरे अनुभव में स्टॉप लॉस रखने पर नुकसान होने की संभावना ज्यादा रहती है, क्योंकि प्राइस बहुत तेजी से ऊपर–नीचे होने से छोटे स्टॉप लॉस उड़ जाते हैं तो आपको क्या करना चाहिए? बगैर स्टॉप लॉस के ट्रेड लेने से आपको बहुत बड़ा नुकसान हो सकता है।

मैंने इसका तोड़ निकाला है। आपको स्टॉप लॉस का स्मॉल ट्रेड मैथड इस्तेमाल करना चाहिए या आपको समय आधारित स्टॉप लॉस का इस्तेमाल करना चाहिए, जिनका वर्णन आगामी टिप्स में किया गया है।

□

16

स्टॉप लॉस का स्मॉल ट्रेड मैथड

एक ट्रेडर 25,000 की ट्रेड लेता है और 1 प्रतिशत का स्टॉप लॉस 250 रखता है। उसका प्रॉफिट टारगेट 500 रुपए रहता है।

इस प्रकार के उसके 4 स्टॉप लॉस हिट हो गए तो उसे 1,000 रुपए का नुकसान हो जाता है।

अब तुलनात्मक रूप से स्टॉप लॉस का स्मॉल ट्रेड मैथड देखिए।

यदि वह 25,000 रुपए की जगह 500 रुपए मार्जिन की ट्रेड ही ले तथा कोई स्टॉप लॉस न रखकर सिर्फ 1 प्रतिशत प्रॉफिट लेकर निकलने पर ध्यान केंद्रित रखे तो उसको 500 रुपए के मार्जिन पर 2,500 की ट्रेड मिल जाएगी, जिसमें वह उक्त टिप्स सं. 15 की VWAP से ब्रेकआउट मैथड का इस्तेमाल करके 1 प्रतिशत कमा लेता है, अर्थात् 25 रुपए कमा लेता है तो उसका नुकसान ज्यादा-से-ज्यादा क्या हो सकता है ? मान लो, उसने स्टॉप लॉस नहीं रखा तो 2,500 का शेयर यदि 20 प्रतिशत गिर जाएगा तो ही उसको ज्यादा-से-ज्यादा नुकसान जो होगा, वह 500 रुपए के उसके मार्जिन का होगा।

पहली बात तो यदि आप निफ्टी जैसे इंडेक्स के शेयरों में निवेश करते हैं तो वे एक ही दिन में 20 प्रतिशत एक साथ टूटेंगे, इसकी संभावना न के बराबर होती है। दूसरी बात, टूट भी गए तो 500 रुपए का अधिकतम नुकसान एक प्रकार से स्टॉप लॉस ही है।

तीसरी बात, आप स्टॉप लॉस प्रतिशत में न रखकर समय पर आधारित रखें, अर्थात् आप वॉल्यूम आधारित औसत मूल्य से ब्रेकआउट पर पोजीशन लेते हैं तो पोजीशन छोटी रखें तथा मन में तय रखें कि 20 मिनट की अधिकतम समय-सीमा

में फायदा मिला तो ले लूँगा, नहीं तो जो भी नुकसान होगा, लेकर निकल जाऊँगा।

इसमें 20 मिनट की सीमा का नुकसान आपका स्टॉप लॉस है और यदि ब्रेकआउट सच्चा है तो आपको 20 मिनट के अंदर उचित फायदा मिल ही जाता है।

जैसा कि पहले बताया जा चुका है कि इंट्रा-डे ट्रेडिंग में कभी-कभी नुकसान होना बुरी बात नहीं है। बस, आपके फायदा और नुकसान में फायदा ज्यादा एवं नुकसान कम रहना जरूरी है।

प्रैक्टिकल अभ्यास—वास्तविक ट्रेड लेने से पहले इस विधि के आधार पर कागजों में काल्पनिक हिसाब रखकर ट्रेड लें। 20 मिनट में लाभ मिले तो नोट करें। नुकसान हो तो कितना हो रहा था, नोट करें। कम-से-कम पाँच दिन ऐसा अभ्यास करके देखें। उसके बाद मनन करें कि कैसा रहा। अपने परिणामों से मुझे मेरे यू-ट्यूब चैनल या ब्लॉग पर कमेंट्स से अवगत जरूर कराएँ।

□

17

लिवरेज ट्रेडिंग की मानसिकता पर नियंत्रण

जैसा कि मैंने पहले भी बताया है कि लालच में आकर बड़ा पोजीशन ले लेना आपके फाइनेंशियल स्वास्थ्य के लिए घातक है।

मार्जिन पर बहुत बड़ी पोजीशन 'लिवरेज पोजीशन' कहलाती है। इससे मार्केट की कोई भी विपरीत चाल आपको बड़े नुकसान में ला सकती है। मान लो, किसी ट्रेडर के पास 100 रुपए मार्जिन है तो उसे नियमानुसार अधिकतम 25 रुपए ही मार्जिन के रूप में पोजीशन लेने के लिए लगाने चाहिए; पर यदि ट्रेडर को उस ट्रेड में लाभ हो जाता है तो वह लालच में आ जाता है कि क्यों न पूरी मार्जिन मनी 100 रुपए को लगाकर ज्यादा-से-ज्यादा कमाया जाए।

यही लालच उसके लिए बुरी बला साबित होता है। इसलिए आपको अपने उपलब्ध मार्जिन व पोजीशन में भी हमेशा 4:1 का अनुपात रखना चाहिए। आपने अभी तक प्रॉफिट व स्टॉप लॉस का अनुपात तो सुना होगा, पर मार्जिन व पोजीशन का अनुपात हो सकता है कि आपने पहली बार ही सुना हो।

चलिए, मैं आपको इस अनुपात के बारे में समझाता हूँ। मान लीजिए, आप एक इंटरा ट्रेडिंग का खाता खुलवाते हैं और उसमें ट्रेडिंग करने के लिए 40,000 रुपए की मार्जिन मनी जमा करते हैं तो अब ज्यादातर छोटे निवेशक इस पूरे मार्जिन के उपयोग होने तक पोजीशन लेते रहते हैं। जैसे पहले उन्होंने एक शेयर में पोजीशन ली, उसमें 4,000 मार्जिन यूज हो गया। दूसरे में 5,000 मार्जिन यूज हुआ। ऐसे करते-करते वे तब तक पोजीशन लेते हैं, जब तक कि उनका पूरा 40,000 का मार्जिन काम में न आ जाए।

ये पोजीशनें ही लिवरेज पोजीशन हैं, अर्थात् ऐसी पोजीशनें, जिनसे आपका सारा मार्जिन खत्म हो जाए, लिवरेज पोजीशनें कहलाती हैं। अब, यदि आप स्टॉप लॉस नहीं रखते या आपका स्टॉप लॉस हिट नहीं भी होता तो भी आपकी बड़ी पूँजी कैसे डूब सकती है, यह आपको समझना चाहिए।

मान लीजिए, आपने लिवरेज पोजीशनें बनाईं और स्टॉप लॉस भी रखा, परंतु मार्केट में बड़ी मूव आ गई तो आपका ब्रोकर आपकी पोजीशन को बनाए रखने के लिए अतिरिक्त मार्जिन की माँग करेगा, जो आपके खाते में नहीं है। ऐसी स्थिति में आपका ब्रोकर मार्जिन के अभाव में आपकी उक्त सभी लिवरेज पोजीशनें बेचकर लॉस बुक कर देगा और आप बड़े घाटे में आ जाएँगे।

जबकि मेरे नियम से आपके पास यदि 40,000 का मार्जिन है तो उस दिन के लिए आपको 4:1 में मार्जिन व पोजीशन रखनी है, अर्थात् 4 रुपए कुल मार्जिन हो तो उस दिन ज्यादा 1 रुपए की पोजीशन ले सकते हैं। यहाँ 40,000 कुल मार्जिन है तो आप 30,000 अपने खाते में ही रखें और 10,000 से ही डे ट्रेड की पोजीशन बनाएँ। हमेशा याद रखें कि कल भी मार्केट खुलेगा। हमें एक दिन में ही करोड़पति नहीं बनना। इस नियम से आप उस दिन सिर्फ 10,000 का मार्जिन इंट्रा-डे में प्रयोग कर सकते हैं, उससे ज्यादा का नहीं कर सकते। वह कल के लिए है और आपको याद रखना है कि आपको किसी भी हालत में यह मार्जिन उसी दिन में प्रयोग नहीं करना। आप चाहें तो इसके लिए अपने इष्ट की या प्रिय व्यक्ति की सौगंध भी ले सकते हैं कि आप लालच नहीं करेंगे और 4:1 में ही मार्जिन व पोजीशन हमेशा बनाए रखेंगे।

यह नियम आपको भावनाओं में बहने से बचाएगा, जिससे आप यदि उस दिन 10,000 के मार्जिन पर ट्रेड लेकर 2,000 हार गए तो अगले दिन आपका मार्जिन 38,000 ही बनेगा। तब अगले दिन आप 4:1 के नियम से 38,000 को 4 से विभाजित करके 9,500 के मार्जिन की ही पोजीशन लें, इससे ज्यादा की नहीं। इसी प्रकार, यदि आप 10,000 के मार्जिन पर 2,000 जीत जाते तो अगले दिन आपके पास 42,000 का मार्जिन होता, तब आप ज्यादा-से-ज्यादा 10,500 की पोजीशन अगले दिन ले सकते हैं।

इस प्रकार, 4:1 का मार्जिन रखने पर आप भावनाओं में बहकर लिवरेज

पोजीशन लेने से बच सकते हैं। आपने कई बार सुना होगा कि इंट्रा-डे ट्रेड में कई बार ट्रेडर एक ही दिन में अपनी सारी पूँजी गँवा बैठते हैं। ऐसा लिवरेज पोजीशन तथा मार्केट से लड़ने की हिमाकत करने के कारण से ही होता है।

मार्केट से लड़ने के बारे में आप अगली टिप्स में पढ़ेंगे।

□

18

मार्केट से लड़िए मत

एक ट्रेडर को लालच, डर, अहंकार की भावनाओं से मुक्त होना चाहिए। आपको एक सफल ट्रेडर बनाने के लिए एक रोबोट की तरह ट्रेड करना पड़ेगा। ट्रेडिंग के साथ भावनाओं का मिश्रण मत कीजिए। अब आप सोच रहे होंगे कि मैं इतना उपदेश क्यों देने लग गया।

मेरा उपदेश आपको ललित प्रजापत की कहानी से समझ आ जाएगा। ललित प्रजापत ने ट्रेडिंग की एक बेहतरीन विधि ढूँढ़ निकाली थी। असल में, ऐसे ही अँधेरे में तीर मारते–मारते उसने सोचा कि यदि मैं स्टॉक पिछले दिन के क्लोज प्राइस को बेस मान लेता हूँ और आज तब तक स्टॉक पिछले क्लोज प्राइस के ऊपर रहेगा, मैं कोई पोजीशन नहीं लूँगा तथा जैसे ही स्टॉक पिछले दिन के क्लोज प्राइस से नीचे आता है, वैसे ही मैं शॉर्ट पोजीशन ले लूँगा।

उसने ऐसा ही किया भी। उसने चार स्टॉक चुने। चार में से तीन में उसे मौका मिल गया कि स्टॉक पिछले दिन के क्लोज प्राइस से ऊपर ट्रेड करते–करते गिरने लगे। जैसे ही क्लोज प्राइस से नीचे गए, ललित ने शॉर्ट कर दिया, स्टॉक गिरते गए अच्छी–खासी कमाई हो गई।

अब ललित ने अगले दिन दुगुनी मार्जिन मनी से ऐसा किया। जो स्टॉक पिछले क्लोज से नीचे होते, वह उनके ऊपर जाते ही खरीदारी की पोजीशन ले लेता और जो पिछले दिन के क्लोज से ऊपर होते, उनके नीचे जाते ही बिकवाली की पोजीशन ले लेता। दूसरे दिन भी उसने ऐसे ही खूब मुनाफा कमाया।

अब तीसरे दिन उसने और भी ज्यादा मार्जिन लगाकर फिर ऐसा किया;

पर तीसरे दिन मार्केट वोलेटाइल था, अर्थात् मार्केट एक ही दिशा में न जाकर पहले नीचे गया, फिर ऊपर आया। इससे उसने पिछले क्लोज के ऊपर से नीचे जानेवाले स्टॉक्स में शॉर्ट (बिकवाली) की पोजीशन ली, पर वह कुछ देर बाद दुगुनी गति से ऊपर आकर ऊपर ही बंद हुए तथा श्रीमान ललित को अच्छा-खासा नुकसान हुआ।

अब ललित को लगा, मेरी विधि गलत नहीं थी (इसे ही अहं की भावना कहते हैं)। मैंने बस, स्टॉप लॉस नहीं रखा था। मुझे पिछले क्लोज प्राइस से नीचे जाने पर शॉर्ट पोजीशन तो लेनी चाहिए, परंतु यदि शेयर वापस ऊपर आता है तो मैं पिछले क्लोज प्राइस का स्टॉप लॉस रखूँगा; पर ऐसा करने पर जो घाटा होगा, वह कैसे पूरा होगा, यह सोचकर ललित ने निर्णय लिया। यदि स्टॉक गिरकर वापस बढ़ता है तो मैं पिछले क्लोज प्राइस पर शॉर्ट पोजीशन काट दूँगा और दुगुनी मात्रा में लॉन्ग पोजीशन (खरीदारी की पोजीशन) ले लूँगा। तब इसमें जो दुगुना मुनाफा होगा, उससे स्टॉप लॉस वाला घाटा रिकवर होकर भी मैं मुनाफे में ही रहूँगा (यह लालच की भावना थी)।

अब अगले दिन उसने शेयर A को चूज किया। इसका पिछला क्लोज प्राइस 340.80 रुपए था। शेयर 342.40 पर खुला। कुछ देर ट्रेड करने के बाद 340.80 से नीचे 340.70 पर आ गया। ललितजी ने नियमानुसार 100 शेयर बेच दिए। शेयर घटकर 337 तक आ गया, पर उन्होंने मुनाफा बुक नहीं किया, क्योंकि पता है, अब इतना गिर गया तो क्या बढ़ेगा? अभी और गिरने दो, मुनाफा और भी बढ़ेगा (लालच की भावना), पर उलटा हो गया। स्टॉक कुछ ही समय बाद 340.70 से अचानक ऊपर 341.30 पर आ गया। ललितजी ने 341.30 पर शॉर्ट पोजीशन का लॉस बुक करके 200 शेयर खरीद डाले (दुगुनी मात्रा में लॉन्ग पोजीशन ले ली)। शेयर ऊपर तक जाकर अचानक गिरा। उन्होंने इस बार स्टॉप लॉस नहीं रखा था, इसलिए स्टॉक 336 पर ही आ गया। अब उन पर डर की भावना चढ़ गई। उन्होंने तुरंत 200 शेयर की जगह 600 शेयर बेच डाले, जिससे 200 की लॉन्ग पोजीशन कवर हो गई तथा 400 शेयर की शॉर्ट पोजीशन हो गई। इससे पहले कि वो कुछ स्टॉप लॉस लगाते, शेयर वापस 341 पर आ गया। अब ललितजी मार्केट से लड़ने लगे। कभी घटता तो दुगुनी मात्रा शॉर्ट करते बढ़ता तो चार गुना मात्रा वापस लेते।

ऐसे लड़ते-लड़ते इस उतार-चढ़ाव भरे दिन में कब उन्हें अच्छा-खासा घाटा हो गया, उन्हें समझ में ही नहीं आया।

हो सकता है, बहुत से ऐसे ट्रेडर, जिन्होंने मार्केट से लड़ने में पैसा गँवाया है, उनको यह कहानी उनकी अपनी कहानी जैसी लगे, पर ऐसा किसी के साथ भी भावनाओं में बहकर हो सकता है।

तो आज की शिक्षा यही है कि मार्केट से लड़ने के लिए एक ही दिन में बार-बार रणनीति न बदलें। याद रखें कि कोई भी रणनीति शत-प्रतिशत सही नहीं होती। एक दिन आप मार्केट में नहीं कमा सके तो कल भी मार्केट खुलेगी।

अपना स्टॉप लॉस व टारगेट फिक्स रखें। अपने अहंकार, लालच, डर व गुस्से पर काबू रखें।

□

19

इंट्रा-डे ट्रेडिंग व लॉन्ग टर्म निवेश मिक्स न करें

यदि आप कोई शेयर निवेश के लिए खरीदते हैं तथा वह खरीदनेवाले दिन नहीं या एक-दो दिन में 5 से 6 प्रतिशत लाभ देने लगता है तो आप उसे यह सोचकर बेच देते हैं कि यह गिरेगा, तब वापस ले लेंगे; पर ऐसा हमेशा हो, यह संभव नहीं है। इसलिए डे ट्रेडिंग व लॉन्ग टर्म निवेश कभी मिक्स न करें। अपनी कैपिटल को डे ट्रेडिंग, शॉर्ट टर्म निवेश, लॉन्ग टर्म निवेश सेगमेंट में बाँटकर रखें और इनको आपस में मिक्स न करें।

जहाँ तक मेरी आपको सलाह है कि इंट्रा-डे ट्रेडिंग व लॉन्ग टर्म निवेश—दोनों की तुलना में आपको स्विंग ट्रेड का मैथड ज्यादा फायदेमंद साबित हो सकता है।

स्विंग ट्रेड को यदि अच्छे ब्लूचिप शेयरों में किया जाए और इससे आप महीने में औसतन 2 प्रतिशत रिटर्न भी निकाल लेते हैं तो चक्रवृद्धि दर से यह रिटर्न एक वर्ष में 26.82 प्रतिशत कमा सकते हैं; जबकि हो सकता है, आपने कितना भी अच्छा शेयर लॉन्ग टर्म निवेश के लिए चुना हो, पर वह उस साल अच्छा प्रदर्शन नहीं करे तो आपको उस पर कोई भी लाभ नहीं हो या उलटे लाभ की जगह आपका शेयर लॉस में आ जाए; पर स्विंग ट्रेड, जिसकी पूरी विधि आगे बताई जाएगी, उसमें मासिक 2 प्रतिशत रिटर्न निकालते रहने पर चक्रवृद्धि ब्याज दर से आपका रिटर्न तीन वर्ष में 103.99 प्रतिशत तक जा सकता है। आप समझ सकते हैं कि लॉन्ग टर्म के लिए चुना गया शेयर तीन वर्ष में 103.99 प्रतिशत

बढ़ेगा या नहीं, इसकी कोई गारंटी नहीं है, पर स्विंग ट्रेड में आप टारगेट से आधा भी कमाएँगे तो भी तीन वर्ष में 50 प्रतिशत तो कमा ही सकेंगे।

घबराएँ नहीं, आगे की टिप्स में स्विंग ट्रेड की संपूर्ण विधि भी समझाई जाएगी।

□

20

मार्केट का ट्रेंड देखकर ट्रेड करें

शेयर मार्केट में एक उक्ति कही जाती है—'ट्रेंड इज योअर फंड', अर्थात्मार्केट के ट्रेंड को देखकर उसके साथ-साथ ट्रेड करना हमेशा सहायक सिद्ध होता है। जैसे नदी की धारा में प्रवाह की दिशा में तैरना आसान होता है, पर प्रवाह के विपरीत तैरना बहुत मुश्किल और कई बार असंभव होता है।

किसी भी कारोबारी दिन की शुरुआत में उसका ट्रेंड तय करने के लिए सेंसेक्स व निफ्टी हरे निशान में है या लाल निशान में, यह देखकर आप ट्रेंड का अंदाजा लगाएँगे तो आप गलत साबित हो सकते हैं।

इसके लिए मेरी विधि यह है कि आप मार्केट खुलने के पहले एक घंटे कोई ट्रेड नहीं लें। फिर उस एक घंटे में सेंसेक्स या निफ्टी का जो भी हाई या लो बने, उसे नोट कर लें। फिर इंडेक्स के उस समय के स्तर को देखें। वह यदि उस दिन के पहले आधे घंटे में बने 'हाई' के पास हो तो उस दिन मार्केट अपट्रेंड में है। यदि मार्केट का एक घंटे बाद का स्तर उस दिन के लो के पास में हो तो मार्केट डाउन ट्रेंड में है।

स्वाभाविक है, यदि मार्केट अपट्रेंड में हो तो आप उस दिन खरीदारी की पोजीशन ज्यादा बनाएँ और मार्केट डाउन ट्रेंड में हो तो उस दिन बिकवाली की पोजीशन ज्यादा बनाएँ।

जैसे निफ्टी का पिछला स्तर (पिछला बंद) 10,648.50 है और मार्केट 9:15 पर सुबह खुलता है, तब यह लाल निशान में 10,599.70 पर खुलता है तथा 10:15 बजे के आसपास भी यह 10,620.40 पर, अर्थात् पिछले दिन से 28.10

अंक गिरा हुआ ही होता है तो मार्केट में ज्यादातर ट्रेडर इसे डाउन ट्रेंड ही गिनते हैं; पर यह ही आपकी भूल है।

मेरी विधि में निफ्टी 10,599.70 पर खुलकर यदि 10:15 बजे के आसपास तक 10,630.20 का हाई बना चुका था और 10 बजे के आसपास 10,620.40 पर था, पर वह उस दिन के हाई व लो की तुलना करने पर उस दिन के हाई के ज्यादा पास में है, उस दिन मार्केट का ट्रेंड अपट्रेंड है तथा जो भी बुरी खबर थी, वह डिस्काउंट हो चुकी है। ऐसे में आप शॉर्ट सेलिंग करेंगे तो फँसेंगे ही। आपको ऐसे में लॉन्ग पोजीशन ज्यादा लेनी चाहिए।

तो किसी भी ट्रेडिंग सेशन के लिए अपनी लॉन्ग व शॉर्ट पोजीशनों का अनुपात उस दिन के मार्केट ट्रेंड को देखकर निर्धारित करें।

□

21

शेयर का ट्रेंड देखकर निवेश करें

पिछली टिप्स में आपको जैसे मार्केट का ट्रेंड देखना बताया गया है, बिल्कुल वैसे ही आपको शेयर का भी ट्रेंड देखकर निवेश करना चाहिए। विधि वही है, जो पिछली टिप्स में बताई गई है।

पहले 60 से 80 मिनट तक शेयर का प्राइस सैटल होने दें। फिर शेयर के प्राइस की उस दिन के हाई व लो से तुलना करें। यदि शेयर का प्राइस उस दिन के अब तक बने हाई के पास है तो शेयर अपट्रेंड में है। इसमें यह अवश्य याद रखना है कि इस बात से कोई फर्क नहीं पड़ता कि शेयर पिछले दिन के क्लोज से नीचे तथा लाल निशान में है। यदि शेयर पहले 60 मिनट में बने हाई के आसपास है तो वह अपट्रेंड में ही माना जाएगा।

हालाँकि आपको यह भी याद रखना है कि यह विधि भी सिर्फ अनुमान ही दे सकती है।

इसमें सफलता की दर ज्यादा हो सकती है, परंतु शत-प्रतिशत सटीक नहीं हो सकती। जैसा कि पिछली टिप्स में बताया गया है कि इंट्रा-डे ट्रेडिंग में आपकी कोई भी विधि शत-प्रतिशत कारगर नहीं हो सकती, क्योंकि आपकी पोजीशन को मार्केट डेप्थ में देखकर प्रतिद्वंद्वी ट्रेडर ज्यादा पूँजी लगाकर आपकी पोजीशन के विपरीत पोजीशन लेकर आपकी किसी भी रणनीति को एक मिनट में धराशायी कर सकता है। यदि आप पुस्तक बीच में से पढ़ रहे हैं तो इस बारे में ज्यादा जानकारी लेने के लिए टिप्स सं. 12 को वापस पढ़ें।

इसलिए मेरी आपको फिर से सलाह है कि स्विंग ट्रेडिंग इंट्रा-डे से ज्यादा कारगर मैथड है और जब आप स्विंग ट्रेडिंग से इंट्रा-डे से भी ज्यादा कमा सकते हैं तो मार्जिन पर लिवरेज इंट्रा-डे ट्रेड के फेर में क्यों पड़ते हैं?

□

22

स्विंग ट्रेड का VWAP मैथड अपनाएँ

पिछली टिप्स में आपको VWAP के बारे में बताया जा चुका है। स्विंग ट्रेड के VWAP मैथड में आपको सप्ताह के पाँच ट्रेडिंग दिनों के लिए वार वाइज निफ्टी 50 के शेयरों में से एक-एक शेयर का चलन करना है।

जैसे मैं अपनी पत्नी का उदाहरण देता हूँ। उसने सप्ताह के पाँच दिनों के लिए निफ्टी 50 के निम्न शेयर फिक्स कर रखे हैं—

XXवार को येस बैंक

XXवार को आई.ओ.सी.

XXवार को एन.टी.पी.सी.

XXवार को ओ.एन.जी.सी.

XXवार को टाटा मोटर्स।

मैंने अपनी प्राइवेसी को बनाए रखने के लिए वार का नाम नहीं लिखकर उसको XXवार लिखा है, क्योंकि मैं नहीं चाहता कि सभी लोग एक साथ एक ही दिन एक ही शेयर में स्विंग ट्रेड करने लगें, क्योंकि उससे उस विशेष वार को उस शेयर में माँग बढ़ जाने से हो सकता है, वह आपको उस दिन पिछले दिन की वॉल्यूम वेज्ड एवरेज प्राइस पर नहीं मिल सके। फिर आप कहेंगे कि आपकी मैथड में तो शेयर मिल ही नहीं रहे।

अब वह प्रत्येक दिन इन तय शेयरों में एक निश्चित राशि (वह राशि कितनी होगी, यह आपको अगली टिप्स में बताई जाएगी) का निवेश करती है।

जैसे माना कि मंगलवार का दिन आई.ओ.सी. के लिए फिक्स है तो वह सोमवार को मार्केट बंद होने के बाद आई.ओ.सी. के शेयर की सोमवार की

VWAP देखेगी, अर्थात् आई.ओ.सी. के जितने शेयर उस दिन ट्रेड हुए, उनका औसत प्राइस NSE वेबसाइट पर दिखता है। जिनको प्रॉब्लम हो, वे यू-ट्यूब पर मेरे वीडियो देखकर VWAP देखना सीख सकते हैं या इस स्क्रीन शॉट में काले घेरे में देख सकते हैं—

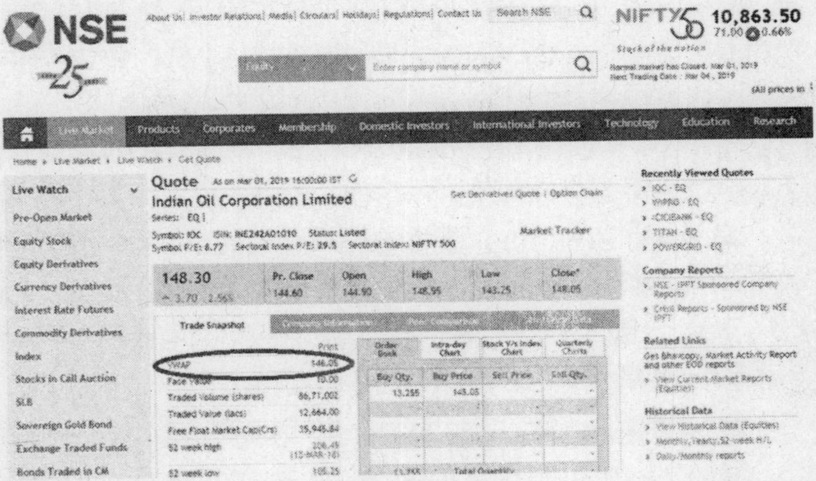

जैसे आई.ओ.सी. का पिछले ट्रेडिंग दिन का VWAP 146.05 रुपए (मार्केट बंद होने के बाद) है तो वह जितनी राशि के शेयर खरीदने का (जैसे 2,000 रुपए के शेयर खरीदने हैं) ऑर्डर लगाना है, उसमें इस VWAP भाग देगी तो 2,000/146.05=13.69 निकटतम पूर्णांक में 14 शेयर बनते हैं। अब अगले ट्रेडिंग सेशन को मार्केट खुलने से पहले ही 146.05 के भाव पर आई.ओ.सी. के 14 शेयर खरीदने का लिमिट ऑर्डर (आफ्टर मार्केट ऑर्डर) डालकर रख देगी। अगले दिन जब भी मार्केट खुलेगी, तब यदि आई.ओ.सी. का शेयर दिन में किसी भी समय 146.05 या उससे कम पर आता है तो उसके लिए 14 शेयर ले लिये जाएँगे।

इस विधि में पिछले दिन के VWAP के अगले दिन आने की संभावना लगभग 90 प्रतिशत होती है। इस प्रकार सप्ताह के पाँच दिन को एक निश्चित धनराशि के शेयर इन पाँच ब्लूचिप कंपनियों में ले लेती है तथा किसी भी शेयर में सप्ताह के दौरान यदि 4.5 प्रतिशत फायदा होता है (सभी खर्च, जैसे ब्रोरेज, शॉर्ट टर्म कैपिटल गेन्स टैक्स, एस.टी.टी., डिलिवरी चार्ज निकालने के बाद 4.5

प्रतिशत का मुनाफा) तो वह प्रॉफिट बुक कर लेती है।

अन्यथा अगले सप्ताह वापस यही प्रक्रिया दोहराती है, जिससे मार्केट में आई.ओ.सी. का शेयर लगातार गिरता हुआ रहा तो सप्ताह में एक बार शेयर एवरेज हो जाता है, जैसे मान लो कि पिछले हफ्ते में जो आई.ओ.सी. का शेयर 146.05 पर लिया था, उसमें पूरे सप्ताह 4.5 प्रतिशत का मुनाफा नहीं मिला तो अगले हफ्ते वापस उसी वार को पिछले दिन की ट्रेड के VWAP पर वह लिमिट ऑर्डर फीड कर देती है तथा उस प्राइस पर शेयर एवरेज हो जाता है।

यह प्रक्रिया तब तक दोहराई जाती है, जब तक कि एवरेज प्राइस पर 0.5 प्रतिशत से 4.5 प्रतिशत का रिटर्न न मिल जाए।

यदि आपका खाता जीरोधा जैसे किसी डिस्काउंट ब्रोकर के साथ है तो 'कैश एंड कैरी' में ब्रोकरेज खरीदने पर शून्य लगता है, केवल एस.टी.टी. वगैरह लगता है तथा बेचने पर डिलिवरी चार्ज लगभग 16 रुपए के आसपास लगता है। आगे की टिप्स में मैं आपको स्विंग ट्रेड पर टारगेट तय करना सिखा दूँगा।

आप चकराएँ नहीं कि प्रॉफिट टारगेट आगे के सप्ताहों में 0.5 प्रतिशत से 4.5 प्रतिशत क्यों लिखा जा रहा है। जैसा कि मैंने आपको पीछे भी एक टिप्स में बताया था, जैसे-जैसे एवरेज आउट करना है, वैसे-वैसे प्रॉफिट टारगेट भी 0.5 प्रतिशत कम करते रहना है। इस बारे में विस्तार से आगे प्रकाश डाला जाएगा।

□

23

स्विंग ट्रेड में एक शेयर में कितनी राशि लगाएँ

यदि आप स्विंग ट्रेड के लिए 5 लार्ज कैप (निफ्टी 50 के शेयरों में से) शेयरों का चुनाव करते हैं और यदि आपकी निवेश योग्य कुल पूँजी 25,000 रुपए है तो आपको प्रत्येक शेयर में प्रति सप्ताह 1,000–1,000 रुपए लगाने हैं। इसका मतलब यह है कि एक सप्ताह में पाँच ट्रेडिंग सेशन में आपका निवेश 5,000 रुपए हो तथा मार्केट लगातार पाँच सप्ताह भी गिरता ही रहा (हालाँकि ऐसा होता नहीं है, बीच में 4.5 प्रतिशत से 0.5 प्रतिशत के लगभग का बाउंस बैंक मिल ही जाता है) तो भी आपके पास निवेश के लिए पर्याप्त पूँजी होगी।

अब यदि आप 25,000 रुपए की जगह स्विंग ट्रेड की शुरुआत 50,000 से करना चाहें, तो ? या आपने 25,000 से शुरुआत की और जब आपकी मूल पूँजी डबल हो जाए तथा 50,000 हो जाए, तब आपको क्या करना है ?

(पूर्व में टिप्स सं. 4 में आपको चक्रवृद्धि ब्याज की ताकत बताई जा चुकी है कि कैसे 10,000 रुपए मात्र 2 प्रतिशत की चक्रवृद्धि मासिक वृद्धि दर से बढ़कर 30 वर्षों में 1.24 करोड़ से ऊपर हो सकते हैं, इसलिए औसतन 2 प्रतिशत के भी मासिक रिटर्न से 25,000 के 50,000 बनाना अल्प समय में ही हो जाता है।)

तो यदि स्विंग ट्रेड 50,000 रुपए की पूँजी से शुरू करनी हो तो आपको पाँच शेयरों में प्रति शेयर 1,000–1,000 से बढ़ाकर 2,000–2,000 नहीं करने। आपको सप्ताह के प्रत्येक दिन अब एक शेयर निफ्टी 50 के में 1,000 रुपए का निवेश करना है और एक शेयर निफ्टी निउ कैप 50 में से चयन करके उसमें 1,000 का पिछले दिन की VWAP पर निवेश करना है।

जैसे—सोमवार को 1 निफ्टी शेयर में 1,000 रुपए और 1 निफ्टी मिड कैप

50 के शेयर में 1,000 रुपए में 1,000 रुपए का निवेश किया।

इसी प्रकार, मंगलवार को किसी अन्य निफ्टी 50 एवं मिड कैप 50 के शेयर में 1,000–1,000 का निवेश किया।

यदि पूँजी 75,000 रुपए हो या हो जाए और आप इसमें बी.एस.ई. स्मॉल कैप इंडेक्स में शामिल पाँच स्मॉल कैप शेयर भी शामिल कर सकते हैं। जैसे—1 निफ्टी शेयर में 1,000 का निवेश, 1 निफ्टी मिड कैप शेयर में 1,000 का निवेश तथा 1 बी.एस.ई. स्मॉल कैप शेयर में 1,000 का निवेश करते हुए प्रत्येक सप्ताह के 1 दिन में 1,000–1,000 रुपए के 3 शेयर अलग-अलग कंपनियों के लें और पूरे सप्ताह उन पर 4.5 प्रतिशत का मुनाफा नहीं मिल सके तो अगले सप्ताह वापस उन शेयरों को उनके लिए निर्धारित दिनों में एवरेज आउट करें।

अब रोज 3,000 रुपए की दर से सप्ताह में 15,000 रुपए का निवेश होने लगेगा तथा जैसा कि नियम है, आपके पास इस साप्ताहिक निवेश की पाँच गुना पूँजी 75,000 हो तो ही ऐसा निवेश करें, जिससे आप लगातार पाँच सप्ताह एक में भी मुनाफा नहीं मिला तो भी एवरेज आउट करना जारी रख सकेंगे।

यदि हमारी पूँजी 1,00,000 हो तो?

निफ्टी के एक शेयर में 2,000, निफ्टी मिड कैप के एक शेयर में 1,000, निफ्टी स्मॉल कैप के एक शेयर में 1,000 लगाकर आप रोज 4,000 तथा सप्ताह में 20,000 का निवेश कर सकते हैं।

यह सारी पूँजी एक साथ ट्रेडिंग एकाउंट में नहीं डालनी होती, जैसे—मैं सप्ताह में 20,000 की पोजीशन इस विधि से लेता हूँ तो मैं प्रत्येक रविवार को देख लेता हूँ कि मेरे ट्रेडिंग के खाते में कितनी राशि शेष है? मान लो, उसमें 7,200 रुपए रखे हों तो मैं उसमें 13,800 और ट्रांसफर करके पूरे 20,000 रुपए कर देता हूँ तथा अगले हफ्ते फिर समीक्षा करता हूँ। यदि बीच में शेयरों में टारगेट ज्यादा मिल गया और नकद राशि 20,000 से ऊपर हो गई है तो मैं अतिरिक्त राशि निकाल लूँगा। कम है तो और डाल दूँगा।

यदि पूँजी 1,25,000 रुपए हो तो?

निफ्टी के शेयर में 2,000, मिड कैप 50 के शेयर में 2,000 एवं स्मॉल कैप में 1,000 अर्थात् प्रतिदिन निवेश की जानेवाली राशि और आपकी पूँजी का

अनुपात 1:25 होगा, जिससे लगातार 25 ट्रेडिंग सेशन में भी आपके किसी भी शेयर में बाउंस बैंक नहीं मिले तो भी आपके हाथ में पर्याप्त कैपिटल होगी।

पूँजी 1,50,000 रुपए हो तो आप तीनों शेयरों में 2,000-2,000-2,000 का निवेश, यानी रोज 6,000 का निवेश कर सकते हैं।

पूँजी 1,75,000 रुपए होगी तो निफ्टी वाले में 3,000, बाकी में 2,000-2,000 कुल 7,000 का रोज निवेश। अब आपकी समझ में आ गया होगा कि निवेश की राशि तथा आपकी पूँजी में क्या अनुपात रहेगा ?

जब प्रति शेयर 5,000-5,000-5,000 की स्थिति आ जाए, अर्थात् पूँजी 3,75,000 हो जाए, उसके बाद प्रति शेयर निवेश नहीं बढ़ाकर 1-1 शेयर बढ़ाएँ।

जैसे 4 लाख की पूँजी हो तो निफ्टी के शेयर एक की जगह दो कर लें। दोनों में 3,000-3,000 एवं मिडकैप में 5,000 तथा स्मॉल कैप में 5,000 रखें। इस प्रकार समय के साथ-साथ मिडकैप स्मॉल कैप के शेयर भी दो-दो कर लें।

तो 25,000 रुपए से शुरू करके आपको इस प्रकार अनुशासनबद्ध तरीके से आगे बढ़ना है। अब आगे की टिप्स में इस विधि में प्रॉफिट टारगेट कैसे तय करेंगे, इस बारे में आप सीखेंगे।

□

24

प्रॉफिट टारगेट का निर्धारण

यहाँ मैं जीरोधा में खाते का उदाहरण लेकर प्रॉफिट टारगेट का निर्धारण बताऊँगा। यदि आपका खाता किसी अन्य ब्रोकरेज फर्म में है या कभी भविष्य में चार्जेज बढ़ जाएँ तो आप टारगेट तदनुसार समायोजित कर लें।

पहले मैं टारगेट निर्धारण बता दूँ, उसके बाद टारगेट व प्रॉफिट की व्याख्या करूँगा।

क्रम	शेयर में वॉल्यूम प्रभारित औसत मूल्य पर एवरेज आउट	प्रॉफिट टारगेट प्रतिशत में
1.	पहली बार शेयर लेने पर उस सप्ताह का टारगेट	4.5 प्रतिशत
2.	दूसरे सप्ताह एवरेज आउट कर लेने पर उस सप्ताह का टारगेट एवरेज मूल्य पर	4 प्रतिशत
3.	तीसरे सप्ताह एवरेज आउट कर लेने पर उस सप्ताह का टारगेट एवरेज मूल्य पर	3.5 प्रतिशत
4.	चौथे सप्ताह एवरेज आउट कर लेने पर उस सप्ताह का टारगेट एवरेज मूल्य पर	3 प्रतिशत
5.	पाँचवें सप्ताह एवरेज आउट कर लेने पर उस सप्ताह का टारगेट एवरेज मूल्य पर	2.5 प्रतिशत
6.	छठे सप्ताह एवरेज आउट कर लेने पर उस सप्ताह का टारगेट एवरेज मूल्य पर	2 प्रतिशत

7.	सातवें सप्ताह एवरेज आउट कर लेने पर उस सप्ताह का टारगेट एवरेज मूल्य पर	1.5 प्रतिशत
8.	आठवें सप्ताह एवरेज आउट कर लेने पर उस सप्ताह का टारगेट एवरेज मूल्य पर	1 प्रतिशत
9.	नौवें सप्ताह या उससे भी ज्यादा कितने भी सप्ताह एवरेज आउट कर लेने पर उस सप्ताह का टारगेट एवरेज मूल्य पर	0.5% प्रतिशत

इसका मतलब अब मैं आपको विस्तार से समझाता हूँ। माना कि आपके पास 25,000 रुपए ही कुल पूँजी है और आप पिछली टिप्स में बताए अनुसार जीरोधा में 1,000 रुपए के शेयर लेते हैं तो खरीदते समय कोई ब्रोकरेज वर्तमान (जब यह पुस्तक लिखी जा रही है) में तो नहीं लगता कि सिर्फ एक रुपए के लगभग एस.टी.टी. व जी.एस.टी. वगैरह कर लगते हैं। ऐसे ही जब इनको बेचते हैं, तब 16 रुपए के लगभग डिलिवरी चार्ज तथा 1 रुपए के लगभग कर लगते हैं तो कुल मिलाकर 1,000 रुपए के शेयर खरीदकर (डिलिवरी कैश एंड कैरी में) बेचने पर 20 रुपए के लगभग व्यय होता है, जिसमें मैंने प्रॉफिट पर 15 प्रतिशत शॉर्ट टर्म कैपिटल गेन्स टैक्स (आय कर) भी शामिल कर लिया है।

हालाँकि आप इस शॉर्ट टर्म कैपिटल गेन्स टैक्स को बचा भी सकते हैं। इसके लिए आगे आपको इन्कम टैक्स हारवेस्टिंग की टिप्स बताई जाएगी।

यदि आप 1,000 रुपए पर 4.5 प्रतिशत, अर्थात् 45 रुपए प्रॉफिट बुक करेंगे तो आपको लगभग 25 रुपए ही मुनाफे में मिलते हैं, जो 2.5 प्रतिशत के लगभग विशुद्ध मुनाफा है।

इसी प्रकार दूसरे सप्ताह एवरेज आउट कर लेने के पश्चात् 2,000 रुपए के निवेश पर 4: प्रॉफिट बुक करेंगे तो उसके 30 रुपए व्यय के कम कर लेते हैं (डिलिवरी चार्ज हर बार 16 रुपए के आसपास शेयरों की मात्रा को ध्यान में रखे बगैर लगता है (चाहे आप 1 शेयर बेचें, चाहे 1,000 शेयर बेचें), तो 2,000 रुपए का 4 प्रतिशत, अर्थात् 80 रुपए प्रॉफिट में से 30 रुपए खर्च काटने पर 50 रुपए प्रॉफिट बचेगा, जो 2.5 प्रतिशत शुद्ध मुनाफा है। इसी प्रकार 3,000 रुपए पर 3.5

प्रतिशत प्रॉफिट लेने से आपको 105 रुपए मिले, उसमें से 40 रुपए के लगभग व्यय कम करने से आपको नेट प्रॉफिट 75 रुपए के लगभग मिलेगा।

ऐसा करते हुए राशि बढ़कर 4,000 हो जाती है, तब 3 प्रतिशत प्रॉफिट बुक करने पर भी खर्च काटकर 2.5 प्रतिशत के लगभग सकल लाभ हो जाएगा।

यदि हमें चार बार एवरेज आउट करने पर, अर्थात् चार सप्ताह लगातार एवरेज लागत करने पर भी मुनाफा नहीं हो रहा है तो पाँचवीं बार एवरेज आउट करने पर अर्थात् 5,000 रुपए का निवेश हो जाने के बाद टारगेट 2.5 प्रतिशत ही कर देंगे। 6,000 का निवेश हो गया तो टारगेट 2 प्रतिशत ही कर देंगे। सात बार एवरेज आउट हो जाने पर 1.5 प्रतिशत टारगेट ही रखेंगे। अभी भी मुनाफा नहीं मिले तो आठ बार के ऊपर एवरेज आउट होने के बाद 1 प्रतिशत टारगेट ही कर देंगे।

माना कि आपका शेयर बहुत कमजोर था और आपको आठ बार एवरेज करने के बाद भी 1 प्रतिशत नहीं मिल पाया तो नौवीं बार या उससे भी ज्यादा कितनी भी बार एवरेज आउट करें, कम-से-कम हम 0.5 प्रतिशत मुनाफा तो लेकर ही निकलेंगे।

नौ बार एवरेज आउट करने के बाद आपका निवेश उस शेयर में 9,000 रुपए हुआ और 9,000 का 0.5 प्रतिशत, यानी 45 रुपए प्रॉफिट लेकर निकला। यह प्रॉफिट बेहद कम है, पर इससे आपके ब्रोकरेज व डिलिवरी चार्ज के खर्च निकालकर एक प्रकार से आप 'नो प्रॉफिट, नो लॉस' पर निकल जाएँगे।

आखिरकार 0.5 प्रतिशत प्रॉफिट मिलना बहुत आसान हो जाएगा। जैसे कि आपका एवरेज प्राइस यदि 45 रुपए हो तो 45.23 के प्राइस पर निकलने का मतलब 0.5 प्रतिशत प्रॉफिट टारगेट है; परंतु इससे फायदा यह होगा कि आपके ज्यादातर स्विंग ट्रेड में 4.5 प्रतिशत से 2.5 प्रतिशत प्रॉफिट मिल ही जाएगा। कोई शेयर, जिसमें बहुत बड़ा परिवर्तन आ गया हो या मार्केट की बहुत बड़ी व बहुत लंबी लगातार हो रही गिरावट में ही 0.5 वाली दुर्लभतम स्थिति बनती है, परंतु इससे भी आपको ये चार फायदे होंगे—

1. आपकी मूल पूँजी 9,000 रुपए बाहर निकल जाएगी, जो वापस स्विंग ट्रेड में काम आएगी।
2. 45 रुपए प्रॉफिट बुक करने पर डिलिवरी चार्ज 16 रुपए एवं अन्य खर्च

18 रुपए काटकर भी आपको 11 रुपए मुनाफा हो रहा है। आप कम-से-कम हारकर तो बाहर नहीं निकले। इससे बड़ा मानसिक संतोष मिलता है और आप किसी भी शेयर में कभी भी फँसा हुआ महसूस नहीं करते।

3. इस पूँजी से वापस स्विंग ट्रेड करने पर आपको वापस मुनाफा मिल सकेगा, नहीं तो लोग मार्केट में गिरते हुए शेयर को पकड़कर बैठे रहते हैं, जिसमें मूल पूँजी भी घटकर आधी व चौथाई हो जाती है। 10-15 साल से भी प्राइस नहीं वापस मिलते। यहाँ आपको दो माह में ही निकलने का मौका मिल रहा है।
4. जो शेयर नौ सप्ताह से लगातार गिर ही रहा है, उससे बाहर निकलकर आप दूसरे किसी अच्छे शेयर का चयन कर सकते हैं और आपने यदि उसी शेयर में भी स्विंग ट्रेड चालू रखी तो सोचिए, नौ सप्ताह से गिरनेवाला शेयर कितना नीचे आ गया होगा ? अगले सप्ताह आप उसमें जब वापस 1,000 रुपए का निवेश करेंगे तो उसमें आपको 4.5 प्रतिशत रिटर्न भी मिल सकता है।

वैसे घबराने की आवश्यकता नहीं है। आगे आपको बताया जाएगा कि कैसे आप इंडेक्स स्टॉक्स और उनमें भी शेयर जीनियेस लीडिंग स्टॉक्स में निवेश करते हैं तो आपके साथ ऐसी स्थिति, जिसमें 0.5 प्रतिशत रिटर्न या नौ सप्ताह से ऊपर एवरेज आउट करना पड़े, उसकी संभावना बहुत ही कम, लगभग न के बराबर होती है।

□

25

सिर्फ इंडेक्स स्टॉक्स में ही स्विंग ट्रेड करें

पिछली टिप्स में जो स्विंग ट्रेड के मैथड बताए गए हैं, उनके लिए आप सिर्फ निफ्टी 50, निफ्टी मिडकैप 50, बैंक निफ्टी, बी.एस.ई. स्मॉल कैप आदि इंडेक्स के शेयरों का ही इस्तेमाल करें।

क्यों ?

क्योंकि इनमें सभी बड़े फंड हाउस एवं विदेशी निवेशक भी ट्रेड करते हैं, इसलिए इनमें वॉल्यूम व दिन के दौरान उतार-चढ़ाव ज्यादा मिलते हैं, जिससे आप आसानी से ज्यादातर ट्रेड में 4.5 प्रतिशत से 2.5 प्रतिशत के बीच आसान रिटर्न ले सकते हैं।

यहाँ बीच में से किताब खोलकर पढ़नेवालों के लिए बता दूँ कि मेरी थ्योरी में स्विंग ट्रेड कैश एंड कैरी में एक दिन से तीस दिन की होल्डिंग वाली ट्रेड को कहा जाता है। आप इसे इंट्रा-डे न समझें।

यदि दुर्भाग्य से इंडेक्स शेयर होने के बावजूद उसमें कोई बड़ा मूलभूत बदलाव आ जाता है तथा उसे इंडेक्स से बाहर कर दिया जाता है तो आप उसमें लगातार सप्ताह में एक बार VWAP पर एवरेज करते रहेंगे तो टारगेट भी घटते-घटते आधा प्रतिशत पर ही आ जाएगा और आप इससे नौ-दस सप्ताह में तो बाहर निकल ही जाएँगे। उसके बाद ऐसे शेयर में, जो इंडेक्स से बाहर कर दिया गया हो, वापस निवेश न करें। उसकी जगह किसी नए इंडेक्स शेयर का चयन करें।

फंडा यह है कि स्विंग ट्रेड की विधि का इस्तेमाल एन.एस.ई. या बी.एस.ई. के किसी इंडेक्स से संबंधित शेयरों में करने पर जल्दी लाभ बुक होने की संभावना रहती है।

गिरते शेयरों में भी फँसने के चांस नहीं रहते। इस विधि का वैज्ञानिक रूप यही है कि आप सिर्फ सप्ताह में एक बार एवरेज करते हैं, वह भी मूल रूप से मजबूत शेयरों में तथा उसमें भी एवरेज आउट करने के साथ-साथ टारगेट लगातार कम करते जाते हैं। अंत में आप मामूली प्रॉफिट कमाकर भी अपनी मूल पूँजी के साथ बाहर निकलने में कामयाब हो जाते हैं।

□

26

इंट्रा-डे को बी.टी.एस.टी. या स्विंग ट्रेड में नहीं बदलें

मेरे एक साथी ने इंट्रा-डे में येस बैंक के 100 शेयर 300 रुपए के भाव पर लिये। दुर्भाग्य से शेयर उस दिन गिरकर 288 पर बंद हुआ। वह 1,200 का लॉस बुक करने का साहस नहीं दिखा सकेंगे इंट्रा-डे से स्विंग ट्रेड में आ गए। उन्होंने इसकी डिलिवरी ले ली। फिर शेयर गिरते-गिरते 180 पर आ गया तो वह लॉन्ग टर्म निवेशक बन गए। इस प्रकार उनका निवेश ट्रेड इन्वेस्टमेंट में चेंज हो गया, जिससे उन्हें कोई आय प्राप्त नहीं हो रही। वह शेयर के वापस बढ़ने का इंतजार कर रहे हैं।

इसलिए आपको सबसे पहले यह तय करना चाहिए कि आप ट्रेड किस अवधि के लिए कर रहे हैं? उसके बाद अपने निर्णय पर स्थिर रहना चाहिए। जैसे आपने कोई शेयर एक साल की अवधि के लिए लिया है तो रोज उसके मार्केट प्राइस चेक मत करिए और शेयर के थोड़ा-सा गिरते ही निकल जाने का विचार मत करिए।

वास्तव में अनुशासनहीनता ही शेयर बाजार में असफलता की प्रमुख वजह है। आपको अपनी इच्छा-शक्ति को मजबूत बनाना चाहिए। इसके लिए आपको अभ्यास की आवश्यकता है। आप ध्यान रखें कि अपनी दैनिक जिंदगी में भी एक बार निर्णय लेने के पश्चात् उसे बार-बार नहीं बदलें। जहाँ तक हो सके, अपने निर्णय पर दृढ़ रहें। इससे आपकी इच्छा-शक्ति मजबूत होगी और आप शेयर बाजार में भी मजबूत इच्छा-शक्ति के बल पर जीतनेवाले ट्रेडर बन सकेंगे, वरना बार-बार निर्णय व रणनीति बदलनेवालों को शेयर बाजार कभी माफ नहीं करता है।

□

27

शेयर बाजार में लालच बुरी बला है

शेयर मार्केट में लालच बुरी बला है। जब आप बचपन में स्कूल जाते थे, तब आपने अकसर इस उक्ति को अनेक बार पढ़ा ही होगा कि 'लालच बुरी बला है'। पर जब आप शेयरों में ट्रेड करते हैं तो आप इस उक्ति को भूल जाते हैं कि लालच बुरी बला है। ज्यादातर लोग शेयर मार्केट में किसी ऐसी टिप्स की तलाश में रहते हैं, जो उन्हें रातोरात करोड़पति बना सके। यकीन मानिए, यह अंतहीन खोज है, क्योंकि किसी भी बिजनेस का भविष्य अनिश्चित ही होता है तथा बिजनेस को ग्रोथ करने में वर्षों का समय लगता है। जब आप शेयरों में निवेश करते हैं तो आपको बड़ी ग्रोथ के लिए वर्षों के समय की आवश्यकता है, इसलिए कोई भी टिप्स कितनी भी परफेक्ट हो, आप कितने भी लंबे समय के लिए निवेश करना चाहते हों, आपको शेयरों में कभी भी बड़ी धनराशि का निवेश एक साथ नहीं करना चाहिए।

मान लीजिए, आपको लगता है, कंपनी 'ए' भविष्य में बहुत अच्छा करने वाली है और वह स्टॉक भविष्य में दुगुना हो सकता है तथा 100 प्रतिशत तक रिटर्न दे सकता है। आप लालच में आ जाते हैं और लाख-दो लाख रुपए का निवेश ऐसी कंपनी में कर डालते हैं। फिर यदि प्राइस एक-दो माह तक नहीं बढ़े या उलटे घटने लगे तो आप तनाव, कुंठा व खीज के शिकार होने लगते हैं।

इसकी जगह आपको करना यह चाहिए—पहले सिर्फ 25 प्रतिशत राशि इस कंपनी में लगाएँ और मन-ही-मन सोचें कि कंपनी में वाकई दम है तो यह कम-से-कम 5 प्रतिशत तक तो बढ़कर दिखाए, फिर मैं बाकी 25 प्रतिशत राशि लगाऊँगा।

यदि कंपनी का शेयर वर्तमान मूल्य से 10 प्रतिशत बढ़कर दिखाए तो 25 प्रतिशत और लगाऊँगा तथा 15 प्रतिशत मूल्य बढ़ने के बाद बची हुई 25 प्रतिशत राशि का निवेश करूँगा। यह रणनीति आपको बुरे निवेश से बचा सकती है।

इस बारे में 200 डी.एम.ए. के अनुसार, बड़ा निवेश घटाने-बढ़ाने की मेरी एक अन्य रणनीति भी है, जो आप मेरी दूसरी पुस्तक 'शेयर बाजार में चंदू ने कैसे गँवाया और चिंकी ने कैसे कमाया' में विस्तार से पढ़ सकते हैं।

□

28

अपने बुरे निवेश से कैसे बाहर निकलें

यदि आप इस पुस्तक को बीच में से खोलकर पढ़ रहे हैं तो मेरी आपको सलाह है कि पहले आप स्विंग ट्रेडिंग से संबंधित पिछली टिप्स का भलीभाँति अध्ययन कर लीजिए, उसके बाद ही इस टिप्स को पढ़िए, ताकि यह आपको अच्छी तरह से समझ में आ सके।

मेरे एक साथी ने वर्ष 2006 के आसपास मुझसे कहा कि शेयर मार्केट में पैसा कमाना बहुत आसान है

मैंने पूछा—वो कैसे?

उस समय डाबर इंडिया का शेयर 100 रुपए के आसपास ट्रेड करता था। वह 100 रुपए से 105-103-102 रुपए तक चढ़ता या 98-100 रुपए तक वापस गिर जाता था, इसलिए उन्होंने सोचा कि इसमें 100 से 103 तक ट्रेड करके 3 प्रतिशत का रिटर्न रोज निकालें तो महीने में ऐसे दस दिन भी रिटर्न मिल जाए तो 30 प्रतिशत तक कमा सकते हैं।

(मैं जानता हूँ कि ऐसा संभव नहीं होता। कभी शेयर रेंज तोड़ देता है और एकदम गिरकर 80 पर आ जाए तो ट्रेडिंग के लिए 100 रुपए पर लगाया पूरा पैसा फँस जाता है; पर मैं जो बताने जा रहा हूँ, उसमें रेंज तोड़ने पर भी मुनाफा हो सकेगा।)

वास्तव में, सभी छोटे निवेशक शुरू में ऐसी ही आसान कमाई करने के लिए शेयर मार्केट में कदम रखते हैं, इसलिए वे शुरुआत में कुछ कमाते भी हैं, परंतु बाद में वे एक-दो ऐसी कहानियाँ सुन लेते हैं कि फलाँ निवेशक ने बीस वर्ष पहले कुछ हजारों के शेयर लिये थे, उसने उनको नहीं बेचा। आज वे करोड़ों के हो गए।

बुल मार्केट में ऐसी कहानियाँ सुनने के बाद वे यह महसूस भी करते हैं कि यह वे फालतू ही छोटे-छोटे प्रॉफिट के लिए ट्रेड कर रहे हैं। बुल मार्केट में उनको ऐसा भी झटका लगता है कि उनके प्रॉफिट बुक करने के बाद शेयर डबल हो जाता है, जिससे उनका लालच उनको ट्रेडर से लॉन्ग टर्म निवेशक बना देता है। फिर मार्केट दबे पाँव कब बीअर फेज में आ जाता है, उनको पता ही नहीं चलता। उनका कागजों में आया सारा लाभ चला जाता है, उलटे उनके शेयर नुकसान में आ जाते हैं।

जैसे एक शेयर 90-110 पर रेंज बाउंड है। वे उसे 95 पर खरीदकर 105 पर बेचकर कुछ दिन तो कमाते हैं, पर उसके बाद वही शेयर रेंज तोड़कर 180 पर आ जाता है, तब वे पछताते हैं कि फालतू छोटी-छोटी ट्रेड को अभी तक रखा होता तो दुगुना हो जाता। अब वे सुनते हैं कि अभी भी देर नहीं हुई। 180 पर भी ले लो तो शेयर ब्लूचिप है, 1,800 भी जा सकता है। तब वे 180 पर ले लेते हैं तथा 360 हो जाने पर भी प्रॉफिट बुक नहीं करते।

ऐसे में बीअर सायकल शुरू हो जाता है। शेयर बढ़ता तो धीरे-धीरे है, घटता बहुत जल्दी है और तीन-चार ट्रेडिंग सेशन में ही यह घटकर 160 पर आ जाता है। अब ऐसे निवेशकों को साँप सूँघ जाता है। वे 20 रुपए का नुकसान बुक नहीं करते। सोचते हैं, अबके 360 पर आते ही बेच दूँगा, पर वही शेयर घटकर 80 पर आ जाता है। अब वह 80-88 की रेंज पकड़ लेता है और इस रेंज में दो-तीन साल भी घूमता रहता है।

ऐसे में उनका 180 पर किया गया निवेश मृत निवेश (डेड इन्वेस्टमेंट) हो जाता है, जिसे वे सिर्फ तीन-चार सालों से होल्ड किए बैठे हैं, पर उसमें कोई आय नहीं हो रही। यह टिप्स ऐसे निवेश को जिंदा करने के लिए है।

मान लों, आपने 180 पर 200 शेयर खरीदकर 36,000 रुपए का निवेश किया था, वही शेयर 80 पर आ गया और आपका निवेश 16,000 का ही रह गया।

आपका शेयर 80 से 88 तक घटता-बढ़ता है, पर उसके लिए यह मूव बेकार है।

आपको ऐसी स्थिति में फँसने पर क्या करना चाहिए? 80-88 के किसी प्राइस पर अपने इतने शेयर बेचें कि आपको 1,000 रुपए मिल जाएँ।

जैसे आपने 85 रुपए के भाव पर 12 शेयर बेचे तो आपको 1,020 रुपए मिले। इसमें 20 रुपए ब्रोकरेज व डिलिवरी चार्ज के तय कर लें तो आपको 1,000 रुपए मिल गए। याद रखें, आपके पास 200 शेयर थे। आपने उनमें से सिर्फ 12 शेयरों में लॉस बुक किया है। आपके पास अभी भी 188 शेयर होल्ड ही हैं।

आप इस 1,000 रुपए को निफ्टी, ई.टी.एफ. या निफ्टी 50 के 50 शेयरों में से कोई भी शेयर चुनकर उसमें पीछे स्विंग ट्रेड की टिप्स में बताए अनुसार निवेश कर दीजिए।

अर्थात् निफ्टी 50 के 50 शेयरों में से ऐसा शेयर चुनिए, जो 1,000 रुपए से कम का हो।

इस शेयर की पिछले दिन की VWAP पर 1,000 रुपए में जितने शेयर जाएँ, उनका लिमित ऑर्डर लगाकर रख दीजिए। अगले सप्ताह वापस यह प्रक्रिया दोहराएँ। जब भी आपको एवरेज होल्डिंग पर 4.5 प्रतिशत से 0.5 प्रतिशत का लाभ मिल जाए, आप लेकर निकल जाइए (पिछली टिप्स में 4.5 प्रतिशत से 1 प्रतिशत के टारगेट पर विस्तार से बताया गया है)।

इस प्रकार करने से आपको निम्नलिखित लाभ होंगे—

1. आपको एक साथ सभी शेयरों में लॉस बुक करने की आवश्यकता नहीं है। सप्ताह में एक बार एक शेयर में मात्र इतना ही लॉस बुक करना है कि आपको 1,000 रुपए की धनराशि प्राप्त हो सके, जिससे यदि शेयरों में बाउंस बैक आता है तो आपको लाभ मिल सकेगा।
2. आपके मृत निवेश से आपको 4.5 प्रतिशत से 0.5 प्रतिशत की आमदनी शुरू हो जाएगी, उससे आपका लॉस रिकवर हो सकेगा।
3. धीरे-धीरे मृतप्राय शेयरों से आपका निवेश निफ्टी 50 के डिविडेंड पेइंग शेयरों में शिफ्ट हो जाएगा।
4. यदि आप भविष्य में स्विंग ट्रेडिंग से ही शेयरों में ट्रेड करना चाहते हैं तो इसके लिए नई पूँजी का निवेश करने के स्थान पर आपके पोर्टफोलियो में लंबे समय से रखे मृतप्राय शेयरों का उपयोग कर सकते हैं।

□

29

बोनस के चक्कर में मत पड़िए

शेयर बाजार में निवेशकों को सबसे ज्यादा हानि बोनस के बारे में अज्ञानता से होती है। असल में, सभी निवेशकों ने बड़ी आई.टी. कंपनियों की ऐसी कहानियाँ सुन रखी होती हैं कि किसी के पास फलाँ कंपनी के वर्ष 1991 में 100 शेयर थे तो कंपनी लगातार इतना बोनस देती रही है कि 100 के 200 हो गए, 200 के 400 हो गए, 400 के 800 हो गए, 800 शेयर के 1,600 हो गए—ऐसे बोनस देते-देते और स्टॉक की फेस वैल्यू में विभाजित होते-होते आज उसके 50,000 शेयर हो गए। आज स्टॉक की कीमत 500 रुपए है तो उसका वैल्यूएशन 2.5 करोड़ रुपए का हो गया।

ऐसी कहानी सुनने से व्यक्ति लालच में आ जाता है। जब भी कोई कंपनी बोनस की घोषणा करती है, वह उसके शेयर लेकर बैठ जाता है। निवेशकों की इस मानसिकता का फायदा उठाकर कमजोर फंडामेंटल वाली कंपनियाँ भी बोनस की घोषणा कर देती हैं, जिससे शेयरों के भाव में एकदम उछाल आ जाता है तथा कंपनी के प्रमोटर्स इस उछाल का फायदा उठाकर निकल जाते हैं।

इसका सबसे बड़ा उदाहरण यूनिटेक का शेयर है, जो वर्ष 2006 में एक शेयर पर 12 शेयरों के भारी बोनस की घोषणा करने से वर्ष 2006 में 156.65 रुपए से बढ़कर 14,798.55 के उच्चतम स्तर पर चला गया था। यूनिटेक ने वर्ष 2007 में फिर से 1 शेयर पर 1 शेयर बोनस की घोषणा की, जिससे उसमें एक बार फिर उछाल आ गया; परंतु बाद में धीरे-धीरे घटते-घटते वर्ष 2019 में 1.05 रुपए का एक शेयर रह गया।

असल में, बड़ी आई.टी. कंपनियों के मामलों में जो 100 शेयरों से करोड़

रुपए बन गए, वह बोनस देने से नहीं, ऐसा कंपनियों की आय बढ़ाने से हुआ।

बोनस देने पर शेयर का बाजार मूल्य उसी अनुपात में घट जाता है। यदि इन बड़ी आई.टी. कंपनियों, जैसे विप्रो या इन्फोसिस आदि ने बोनस नहीं दिया होता तो आज इनके एक शेयर का मूल्य करोड़ों में होता, जिसे खरीद पाना किसी के लिए संभव नहीं होता। इसलिए बाजार मूल्य को निवेशकों की रेंज में रखने के लिए समय-समय पर बोनस देना आवश्यक था।

जैसे-जैसे किसी कंपनी की आय व संभाव्यता बढ़ती है, उसका बाजार मूल्य आय व लाभ के अनुसार बढ़ता जाता है। ऐसे में बोनस शेयर देने से प्रति शेयर आय कम हो जाने से उसी अनुपात में शेयरों का बाजार मूल्य भी कम हो जाता है।

इसलिए याद रखिए, बोनस की घोषणा के आधार पर शेयरों में निवेश मत कीजिए। कंपनी की आय व लाभ के आधार पर ऐसा निवेश करिए।

□

30

एवरेज आउट करना हर बार बुरा नहीं होता

आपने टिप्स सं. 10 में पढ़ा है कि गिरती हुई पोजीशन को एवरेज आउट नहीं करें।

यह बात इंट्रा-डे एवं एक एंड ओ की पोजीशन के लिए सत्य है, परंतु एवरेज आउट करना हमेशा बुरा नहीं होता। जैसे म्यूचुअल फंड्स में आप प्रतिमाह निश्चित धनराशि की यूनिट एस.आई.पी. (सिस्टेमैटिक इन्वेस्टमेंट प्लान) में खरीदते हैं तो वह एक प्रकार से यूनिट्स को एवरेज आउट करना ही तो है।

इसी प्रकार, पिछली टिप्स में स्विंग में ट्रेड जो बताई गई है, वह भी अनुशासन के साथ निफ्टी आदि इंडेक्स शेयरों को एवरेज आउट करके एवरेज मूल्य पर 4.5 प्रतिशत से 0.5 प्रतिशत रिटर्न कमाने पर ही आधारित है।

यह विधि इतनी जोरदार है कि आप एक बार इस्तेमाल कर लेंगे तो इसके मुरीद हो जाएँगे, क्योंकि जब आप महीने में एक बार या सप्ताह में एक बार एक निश्चित राशि के शेयर लेते हैं और टारगेट भी प्रत्येक एवरेज आउट के साथ कम करते रहते हैं तो आपको औसतन 2.5 प्रतिशत के लगभग रिटर्न भी मिल जाता है और आपको हमेशा सुरक्षित बाहर निकलने का मौका भी मिल जाता है। बस, केवल आपका अच्छे डिविडेंड पेइंग इंडेक्स शेयरों में प्रति सप्ताह या प्रति माह पिछले दिन के वॉल्यूम-प्रभावित मूल्य पर थोड़ी-थोड़ी मात्रा एवरेज करते हुए एकत्रित करनी होती है। इस बारे में पिछली टिप्स में विस्तार से बताया जा चुका है।

□

31

या तो सच्चे लंबी अवधि के निवेशक बनें या स्विंग ट्रेड करें

जिन्होंने मेरी पिछली पुस्तक 'द विनिंग थ्योरी इन द स्टॉक मार्केट' पढ़ी है या जो मेरे ब्लॉग पर मेरी रिसर्च टर्म पढ़ चुके हैं, वे इस तथ्य से परिचित होंगे कि मैं किसी शेयर को खरीदने से पहले उसके वैल्यू शेयर होने की पहचान के रूप में उसके बेस प्राइस, नेट सेल पर शेयर (प्रति शेयर बिक्री) आदि फंडामेंटल अनुपात को प्राथमिकता देता हूँ; पर वर्ष 2018 की स्टॉक मार्केट की गिरावट ने मुझे कुछ सोचने पर मजबूर कर दिया।

वास्तव में, पहले जब मैं अकेले निवेश करता था, तब यदि मैंने इन तथ्यों के आधार पर आयशर मोटर्स का शेयर वर्ष 2007 में 599 रुपए पर लिया होता तो उसके 2008 में 135 रुपए तक टूटने पर भी मुझे कोई चिंता/दुःख/खीज/कुंठा नहीं होती, न ही मैं अपने आप को फँसा हुआ महसूस करता, क्योंकि मेरा नजरिया लॉन्ग टर्म का था और मैं एक शेयर में अधिकतम अपनी मासिक आय का 10 प्रतिशत ही निवेश करता था, जो उस समय की मेरी नौकरी की 15,000 रुपए के लगभग मासिक वेतन के हिसाब से 1,500 रुपए का निवेश होता और मुश्किल से मेरे पास इसके 3 शेयर आ पाते, जिससे मैं उस 1,500 रुपए के डूब जाने तथा आयशर जैसे शेयर के डीलिस्ट हो जाने पर भी मुझे कोई चिंता या तनाव नहीं होता। पर जब से मैंने रिसर्च एनालिस्ट बनकर सार्वजनिक मंच से शेयर रेकमंड करने प्रारंभ किए, तब मुझे पता चला, मेरे 71,000 फॉलोवर्स में सब एक जैसे नहीं हैं। वे लालच में आकर एक साथ लाखों का निवेश कर बैठते हैं और यदि शेयर 599 से टूटकर 135 पर आ जाए तो कमेंट में गालियाँ निकालते हैं।

यहाँ यह बता देना उचित रहेगा कि वर्ष 2008 में 599 से गिरकर 135 रुपए तक आ जानेवाला आयशर मोटर्स वर्ष 2018 में 32,200 रुपए का हो गया था; पर मेरे फॉलोवर्स दस वर्ष तक इंतजार नहीं कर सकते। ऐसे फॉलोवर्स के लिए मुझे स्विंग ट्रेड की विधि का आविष्कार करना पड़ा।

स्विंग ट्रेड आप पिछले अध्यायों में पढ़ ही चुके हैं।

कुल मिलाकर इस टिप्स का सार यही है कि या तो अपने पसंदीदा शेयरों में छोटी धनराशि (मेरे नियम से आपकी वर्तमान मासिक आय का 10 प्रतिशत) निवेश करके शांति से 5-10-15 वर्ष उनको होल्ड करके रखें। फिर ऐसे निवेश यदि गिरकर आय से भी कम रह जाएँ तो भी चिंता न करें और धैर्यपूर्वक कंपनी की परफॉर्मेंस में सुधार की प्रतीक्षा करें, जैसा आयशर मोटर्स के प्रकरण में हुआ। इस इंतजार में शेयर गिरते-गिरते डीलिस्ट भी हो जाते (जैसा टाँटिया कंस्ट्रक्शन में मेरे निवेश में हुआ) तो भी चिंता न करें। आपने 100 कंपनियों में निवेश किया, उनमें 2-3 कंपनियाँ यदि बंद भी हो गईं तो भी बाकी 97 तो चालू हैं।

नहीं तो आप स्विंग ट्रेड करें, क्योंकि स्विंग ट्रेड में आप कभी भी फँसा हुआ महसूस नहीं करते हैं और एवरेज आउट करते-करते एवरेज प्राइस पर आखिर में आधा प्रतिशत भी कमाकर निकल गए तो भी आप अपनी मूल पूँजी को वापस पा लेंगे और अगले सप्ताह उसी मूल पूँजी से उसी शेयर में वापस कम प्राइस पर 4.5 प्रतिशत के टारगेट के लिए निवेश कर सकेंगे।

□

32

इंडेक्स शेयरों में निवेश क्यों करना चाहिए

शेयर बाजार में एक कहावत है—यदि आप इंडेक्स को जीत नहीं सकते तो इंडेक्स के साथ रहिए।

मान लो, आपने शेयर बाजार में निवेश शुरू किया। तब निफ्टी 8,000 पर था, आज निफ्टी 10,800 पर है, अर्थात् निफ्टी लगभग 30 प्रतिशत आपके निवेश की अवधि में बढ़ा।

आपने यदि अपने निवेश की अवधि में 30 प्रतिशत से ऊपर मुनाफा कमाया तो ही आपको अच्छा व कुशल निवेशक माना जा सकता है। (ज्यादातार छोटे निवेशकों का पोर्टफोलियो तो उलटा 30 प्रतिशत तक कम हो जाता है।)

इसीलिए म्यूचुअल फंड मैनेजर भी किसी इंडेक्स को अपना बेंचमार्क मानते हैं।

ई.टी.एफ. इसी सिद्धांत पर बने हैं। जैसे निफ्टी बीज या निफ्टी ई.टी.एफ. होते हैं, वे निफ्टी इंडेक्स के सभी शेयरों में उसी अनुपात में निवेश करते हैं, जिस अनुपात में निफ्टी में शेयर होते हैं। इसलिए उनका मार्केट प्राइस निफ्टी के 1/10 या 1/100 (जैसा ई.टी.एफ. अपनी यूनिट का मूल्य निर्धारित करे) के आसपास ही बना रहता है और छोटा निवेशक इनमें म्यूचुअल फंड की तरह सिस्टेमैटिक इन्वेस्टमेंट प्लान (SIP) से निवेश करके इंडेक्स के साथ बना रह सकता है। □

33

ट्रेडिंग व स्विंग ट्रेडिंग के लिए भी निफ्टी के शेयरों का चयन करें

निफ्टी 50 के 50 शेयर मार्केट के फ्यूचर एंड ऑप्शन सेगमेंट में भी ट्रेड होते हैं। इन्हीं शेयरों में डोमेस्टिक म्यूचुअल फंड व विदेशी संस्थागत निवेशक (एफ.आई.आई.) भी ट्रेड करते हैं। बाजार की 80 प्रतिशत से 90 प्रतिशत ट्रेड इन्हीं शेयरों में होती है, इसलिए इनमें पर्याप्त लिक्विडिटी भी होती है तथा पर्याप्त उतार-चढ़ाव भी होता है। इसलिए मेरी राय में, इंट्रा-डे ट्रेडिंग या स्विंग ट्रेडिंग के लिए निफ्टी 50 के शेयरों में से चयन करना चाहिए। (इनमें से भी कौन से शेयरों का चयन करें, यह आपको आगे बताया जाएगा।)

दूसरा, निफ्टी सेंसेक्स आदि इंडेक्सों में शामिल शेयरों को एक्सचेंज की कमेटी द्वारा वॉल्यूम, लाभ, डिविडेंड देयता आदि के मानकों की कसौटी पर परखकर फिर इनका चयन किया जाता है।

समय-समय पर इंडेक्स में शामिल शेयरों का मूल्यांकन करके इसमें से ऐसे शेयरों को बाहर कर दिया जाता है, जो मार्केट कैप, वॉल्यूम, लाभांश आदि के मानकों पर खरे नहीं उतर रहे और उनके स्थान पर नए शेयरों को शामिल कर लिया जाता है।

जिससे आप भी आगे बताई गई विधि के अनुसार बगैर लॉस बुक किए निफ्टी से हटनेवाले पुराने शेयरों से निकलकर नए शामिल होनेवाले शेयरों में निवेश कर सकते हैं। इस बारे में अगली टिप्स में विस्तार से बताया जाएगा।

□

34

इंडेक्स की तरह स्विंग ट्रेड के पोर्टफोलियो की समीक्षा करें

जैसा इससे पहले वाली टिप्स में बताया गया है कि इंडेक्स निफ्टी, सेंसेक्स आदि में शामिल शेयरों के कुछ मापदंड होते हैं। इन मापदंडों को अर्थशास्त्र के जाने-माने विशेषज्ञों द्वारा तय किया जाता है, ताकि श्रेष्ठ कंपनियाँ ही इंडेक्स में शामिल हो सकें।

परंतु जब कोई कंपनी खराब प्रदर्शन के कारण इन मापदंडों को पूरा नहीं कर पाती तो समय-समय पर इंडेक्स की कंपनियों की समीक्षा करके ऐसी कंपनी को बाहर निकाल दिया जाता है और उसके स्थान पर इन मापदंडों पर खरा उतरनेवाली नई कंपनी को शामिल कर लिया जाता है।

इसलिए आप यदि पीछे बताई गई टिप्स के अनुसार निफ्टी/सेंसेक्स के शेयरों में से शेयर चुनकर उनमें स्विंग ट्रेड कर रहे हैं और उनमें से किसी शेयर को इंडेक्स से बाहर कर दिया जाता है तो उस शेयर में प्रॉफिट बुक करने के बाद आप भी उसमें वापस स्विंग ट्रेड न करके उसकी जगह निफ्टी/सेंसेक्स में से किसी नए शेयर को अपने स्विंग ट्रेड के पोर्टफोलियो में शामिल कर लें।

अर्थात् यदि ऐसा शेयर, जो इंडेक्स से बाहर हुआ है, गिरने लगता है तो भी आप उसमें प्रति सप्ताह पिछले दिन की VWAP पर एवरेज करना जारी रखें और अंत में जब भी आपको कम-से-कम आधा प्रतिशत प्रॉफिट आपके औसत मूल्य पर मिल जाता है और आप उससे बगैर लॉस के बाहर निकल जाते हैं, तब उसके स्थान पर आप नए स्टॉक का चयन कर सकते हैं।

□

35

ट्रेडिंग के लिए शेयरों का चयन कैसे करें

जैसा कि आपको अभी तक बताया गया है कि मैं इंट्रा-डे की जगह बी.टी.एस.टी. (आज खरीदें, कल बेचें; बाय टुडे, सेल टुमॉरो) को प्राथमिकता दूँगा तथा बी.टी.एस.टी. की जगह स्विंग ट्रेड (जिसमें शेयर प्रति सप्ताह एवरेज आउट करते-करते तब तक एवरेज किया जाता है, जब तक 4.5 प्रतिशत से 0.5 प्रतिशत रिटर्न नहीं मिल जाए) को प्राथमिकता दूँगा।

यहाँ तक कि मैं आपको बड़े भाई की तरह यह नेक सलाह भी दूँगा कि आप सिर्फ निफ्टी/सेंसेक्स के शेयरों में स्विंग ट्रेड ही करें, क्योंकि ये सुरक्षित भी हैं तथा इसमें आप महीने में औसतन 2 प्रतिशत रिटर्न भी निकाल लेंगे तो भी आपके 10 हजार रुपए के तीस वर्षों में 1.24 करोड़ रुपए से ऊपर हो जाएँगे। इस बारे में पहले विस्तार से चर्चा की जा चुकी है।

स्विंग ट्रेड के लिए निफ्टी 50 के निफ्टी शेयरों का चयन करना है, यह तो आपको पहले ही बता दिया गया है, पर इनमें भी शेयर का 52 वीक हाई देखें। जो भी शेयर 52 वीक हाई के आसपास, अर्थात् सालाना उच्चतम स्तर से ज्यादा-से-ज्यादा 15 प्रतिशत नीचे ट्रेड कर रहा हो, उसका चयन करें।

क्यों?

क्योंकि शेयर मार्केट लालच व डर की प्रकृति पर कार्य करता है, इसलिए यहाँ जो शेयर गिरता है, वह धीरे-धीरे गिरते-गिरते यदि वार्षिक न्यूनतम स्तर के पास पहुँच जाता है तो निवेशकों के स्टॉप लॉस ट्रिगर होने लगते हैं और वे निवेशक भी ऐसे शेयरों में बिकवाली करने लगते हैं, जिससे शेयर और भी ज्यादा गिरता है। दूसरा नियम यह है कि शेयर बाजार सबकुछ जानता है, अर्थात् सूचना

तकनीक के इस युग में कंपनी के आगामी प्रदर्शन में गिरावट आने वाली हो तो यह बात कंपनी के आंतरिक स्रोतों से लीक होते-होते उस खबर के आने से पहले ही मार्केट में पहुँच जाती है। इसे शेयर मार्केट की भाषा में 'र्‍यूमर' कहते हैं। आप इसे अफवाह कह सकते हैं, पर ये अफवाहें 80 प्रतिशत मामलों में गलत भी नहीं होतीं और भले ही छह महीने से एक साल का समय लगे, ये अफवाहें अकसर सही साबित होती हैं। इससे यदि कोई शेयर बगैर किसी विशेष कारण के गिरकर 52 सप्ताह के अपने निम्नतम स्तर पर आ गया हो, प्राय: यह देखा गया है कि वह और भी ज्यादा गिरते-गिरते हर दस-पंद्रह दिन में नए लो बनाता रहता है। यही बात उच्चतम स्तर पर ट्रेड करनेवाले या 52 सप्ताह के उच्चतम स्तर के आसपास ट्रेड करनेवाले शेयर के मामले में सटीक बैठती है। ऐसे शेयर बहुत जल्दी-जल्दी उच्चतम स्तर (हाई पर हाई) बनाते रहते हैं। इनमें ट्रेड करने पर आपको छोटे-छोटे प्रॉफिट (4.5 प्रतिशत से 0.5 प्रतिशत) बहुत जल्दी-जल्दी बुक करने का अवसर मिलता रहता है।

अर्थात् फंडा यह है कि निफ्टी एवं सेंसेक्स के शेयरों में से जो भी 10-15 शेयर अपने वार्षिक उच्चतम स्तर पर हो या उच्चतम स्तर के शून्य से 15 प्रतिशत की रेंज में हो, उसी का चयन ट्रेडिंग के लिए करना जल्दी-जल्दी मुनाफा दे सकता है।

यहाँ शेयर मार्केट की इस कहावत का उल्लेख करना भी प्रासंगिक होगा कि 'सस्ता शेयर लोगे, सस्ता बेचोगे; महँगा शेयर लोगे, महँगा बेचोगे।'

यहाँ आपके दिमाग में एक प्रश्न आया होगा कि 'पर ऐसा करने पर मैं उच्चतम स्तर पर फँस गया तो क्या होगा?' अर्थात् मेरे साथ कहीं ऐसा हो गया कि 'सिर मुँड़ाते ही ओले पड़े', अर्थात् मेरे शेयर लेने का समय ही उस शेयर का आखिरी उच्चतम स्तर हो और उसके बाद शेयर सिर्फ गिरता ही रहे तो? इसका प्रत्युत्तर आगे की टिप्स में पढ़िए।

□

36

शेयर कभी लगातार नहीं गिरते

जैसा कि आप पिछली टिप्स में पढ़ चुके हैं, कंपनी के प्रदर्शन में वास्तविक गिरावट आने के छह माह से एक साल पहले ही उसके शेयर में गिरावट आनी शुरू हो जाती है, क्योंकि कंपनी के आंतरिक स्रोतों से लीक हुई अफवाहें मार्केट तक पहुँचती रहती हैं।

परंतु जब अफवाह आने के बाद शेयर गिरना शुरू होता है, तब कुछ लालची निवेशक यह सोचकर उसे खरीदना भी शुरू कर देते हैं कि इतना महँगा इतना ब्लूचिप शेयर सस्ते में मिल रहा है, मौका नहीं चूकना चाहिए। दूसरी तरफ, कुछ लॉन्ग टर्म फंडामेंटल निवेशक भी धीरे-धीरे निवेश करना चालू कर देते हैं, क्योंकि फंडामेंटल मजबूत शेयर यदि हो तो उसके प्रदर्शन में एक से दो साल गिरावट आए तो बाद में प्रदर्शन में सुधार होने पर शेयर बढ़ता भी बहुत तेजी से है।

तो ऐसी खरीदारी, जो छोटे निवेशकों के ऐसे शेयर खरीदने की प्रकृति से आती है, जो आधे से ज्यादा टूट गए हों (हालाँकि यह प्रकृति गलत है। मेरी पिछली पुस्तक 'शेयर बाजार में सफल कैसे हों?' में आपने यह सब पढ़ लिया है कि जिस भी शेयर का 52 वीक हाई/लो 2 से ऊपर हो, वह लॉन्ग टर्म के लिए नहीं खरीदना चाहिए)।

या ऐसी खरीदारी लॉन्गटर्म फंडामेंटल निवेशकों के किस्तों में खरीदारी प्रारंभ कर देने से आती है, जिससे जब अफवाह आने के बाद भी शेयर वापस थोड़ा-थोड़ा बढ़ने लगता है तो लोग सोचते हैं कि यह अफवाह तो झूठी निकली और शेयर वापस बढ़ना शुरू हो गया, इसलिए इसको ले लेना चाहिए, जिससे शेयर के भावों में अस्थायी उछाल आता है; पर फिर शेयर उससे भी ज्यादा गिरता है। इसे

प्रैक्टिकल में समझने के लिए आप येस बैंक व आई.ओ.सी. के उदाहरण लीजिए। दोनों ही निफ्टी में शामिल शेयर हैं और वर्ष 2018 में अपने वार्षिक उच्चतम स्तर से बुरी तरह नीचे गिरे हैं।

पर इन दोनों के चार्ट इन तसवीरों में देखिए—

(आई.ओ.सी. का जनवरी 2018 से मार्च 2019 का चार्ट)

(येस बैंक का जनवरी 2018 से मार्च 2019 का चार्ट)

आप देख सकते हैं कि भले ही आई.ओ.सी. अपने उच्चतम स्तर से गिरकर नीचे आ गया हो, पर गिरावट एक सरल रेखा में नहीं हुई, बीच-बीच में उछाल आते रहे। इसी प्रकार, येस बैंक भले ही उच्चतम स्तर से गिरकर निम्नतम स्तर तक आ गया हो, परंतु यहाँ भी गिरावट का चार्ट सरल रेखा में नहीं है। इसमें भी छोटे-छोटे उछाल आते रहे।

आप सोच रहे होंगे कि इन सब बातों से आपको क्या मतलब है? मतलब यही है कि यदि आप पिछली बताई गई स्विंग ट्रेड की विधि से इन दोनों शेयरों का उनके पिछले दिन के औसत प्रभारित मूल्य (VWAP) पर सप्ताह में एक बार खरीदकर लगातार एवरेज आउट कर रहे थे तो यदि आपने उन्हें उनके सालाना उच्चतम स्तर पर भी ले लिया था तो भी आप इन छोटी-छोटी उछालों (बाउंस बैक) का फायदा उठाकर अपने औसत मूल्य पर 2-3 प्रतिशत मुनाफा कमाकर आराम से निकल सकते थे। एक बार निकलने के बाद जब आप देखते कि यह शेयर अपने वार्षिक उच्चतम स्तर के पास की 15 प्रतिशत की रेंज में नहीं रहा है तो आप इसके स्थान पर निफ्टी के दूसरे ऐसे शेयरों का चयन कर सकते थे, जो उनके वार्षिक उच्चतम स्तरों के आसपास ट्रेड कर रहे हों।

इस बारे में मेरा एक यू-ट्यूब वीडियो भी है, जिसमें मैंने बताया है कि कैसे आई.ओ.सी. वर्ष में 65 प्रतिशत गिरा; पर स्विंग ट्रेड से आप उस 65 प्रतिशत गिरावट में भी आठ बार प्रॉफिट बुक कर सकते थे।

□

37

डिविडेंड देनेवाले शेयरों में ट्रेडिंग करने का फायदा

अभी तक आपको यह समझ में आ गया होगा कि मैं ट्रेडिंग के लिए निफ्टी 50 या सेंसेक्स 30 में से लार्ज कैप शेयर, जो वार्षिक उच्चतम स्तर के पास में ट्रेड कर रहे हो, उनका चयन करने की सलाह देता हूँ। परंतु ऐसा क्यों? यह प्रश्न भी आपके दिमाग में अवश्य आया होगा—क्यों नहीं हम आपके या अन्य किसी विश्लेषक के द्वारा सुझाए गए ऐसे छोटे मिड कैप शेयर में ट्रेड करें, जो हमें लगता है कि साल या दो साल में 200-300 प्रतिशत रिटर्न दे सकता है।

इसका स्तर यह है कि अमल तो आप में फंडामेंटल शेयरों को होल्ड करने की क्षमता होनी चाहिए, जैसा मैंने पिछली टिप्स में आयशर मोटर्स के उदाहरण से समझाया है कि जो आमतौर पर छोटे निवेशकों में नहीं देखी जाती।

दूसरे, आपने एक सेठजी की कहानी सुनी होगी। नहीं सुनी तो मैं सुना देता हूँ।

एक सेठजी थे, जो बहुत कंजूस थे। वह प्राय: बगैर सब्जी के बासी रोटी नमक-मिर्च के साथ खाते थे, ताकि सब्जी के पैसे बचें; पर वह सब्जी एवं अन्य स्वादिष्ट वस्तुओं की इच्छा-पूर्ति के लिए खाना खाने के बाद 10 मिनट ध्यान करके आँखें बंद करके यह कल्पना करते थे कि वह दाल-कढ़ी का रसास्वादन कर रहे हैं।

ऐसा ध्यान करने से उनकी इच्छा तृप्त हो जाती थी। एक बार जब वह ऐसा ध्यान कर रहे थे तो उनको कढ़ी में मिर्च तेज लगी और वह 'सी-सी' की आवाज मुँह से निकालने लगे।

इस पर पास से गुजर रहे किसी व्यक्ति ने पूछा कि सेठजी, क्या हुआ? सेठजी

ने जब पूरी बात बताई कि कल्पना में खाई जानेवाली कढ़ी में मिर्च तेज महसूस होने से उनका मुँह जलने से वह ऐसी आवाज निकाल रहे थे तो उस व्यक्ति ने उनको कहा, "मूर्ख सेठ, जब कल्पना में ही किसी वस्तु का रसास्वादन करना है तो दाल-कढ़ी क्यों खाते हो? कल्पना में मिठाई खाओ, ड्राई फ्रूट खाओ, काजू की कतली खाओ, अच्छे फल खाओ और दाल-कढ़ी ही परिकल्पना में खानी हो तो अच्छे शेफ की बनाई हुई परफेक्ट मसालोंवाली दाल-कढ़ी खाओ, जिससे मुँह नहीं जलेगा।"

उक्त कहानी से मिलती-जुलती बात ही इस टिप्स में समझाई जा रही है कि जब आपको 4.5 प्रतिशत से 0.5 प्रतिशत मुनाफा ही कमाकर निकलना है तो आप रिस्की शेयरों में निवेश क्यों करें?

कोई भी फंडामेंटल शेयर, जिसमें भविष्य में मल्टीपल रिटर्न देने की संभावना हो, वह उतना ही रिस्की भी होता है, क्योंकि स्वाभाविक है, ऐसा शेयर तभी रेकमंड किया जाएगा, जब कि वह वैल्यू बाय की श्रेणी में रखा जा सके, अर्थात् उसका मार्केट प्राइस उनकी नेट सेलिंग प्रति शेयर व बुक वैल्यू से कम होता है, तभी उसको वैल्यू शेयर मानकर कोई भी शोध विश्लेषक आपको लॉन्ग टर्म के लिए अभिशंसित करता है।

परंतु यहाँ यह रिस्क भी होता है कि किसी कंपनी के साथ भविष्य में होनेवाली किसी गड़बड़ी की न्यूज मार्केट में पहले से लीक होने के कारण शेयर का मार्केट प्राइस इतना कम हो गया हो कि हम उसे वैल्यू बाय मानकर खरीदारी कर बैठें।

इस प्रकार की गड़बड़ी की लीक होनेवाली खबर को टिप्स में अफवाह या र्‍यूमर कहा जाता है, जैसा कि किंगफिशर, टांटिया कंस्ट्रक्शन, प्रतिभा इंडस्ट्रीज, सत्यम कंप्यूटर्स, डी.एच.एफ.एल. आदि शेयरों के मामलों में हुआ कि इनके बाजार मूल्य इनकी प्रति शेयर बिक्री बुक वैल्यू आदि से कम होने से इनको फंडामेंटल वैल्यू बाय मानकर लिया गया; पर बाद में कंपनियों के बारे में जैसे-जैसे खबरें सामने आईं, ये शेयर 60 से 90 प्रतिशत तक गिर गए।

इसलिए, यदि आपको लॉन्ग टर्म होल्ड करके 200 से 500 प्रतिशत रिटर्न कमाना हो तो जैसा कि आपने मेरी पुस्तक 'अब्दुल स्टॉक मार्केट में जीरो से हीरो कैसे बना' में पढ़ा है। आप अपनी मासिक आय का अधिकतम 10 प्रतिशत ऐसी

फंडामेंटल वैल्यू बाय की श्रेणीवाली कंपनियों में निवेश करके दो से तीन साल होल्ड करके मल्टीपल रिटर्न कमाने की अपेक्षा रख सकते हैं; पर यदि स्विंग ट्रेड करके 1 दिन से 1 माह में 4.5 प्रतिशत से 0.5 प्रतिशत मुनाफा कमाने का विचार रखते हैं तो इनमें रिस्क क्यों लें? क्यों न निफ्टी/सेंसेक्स के ऐसे शेयरों में लगाएँ, जो उनके सालाना उच्चतम स्तर के आसपास हो। ऐसे शेयर कम रिस्की होते हैं। इनमें वॉल्यूम भी ज्यादा होता है और 4.5 प्रतिशत से 0.5 प्रतिशत का उतार-चढ़ाव भी जल्दी मिल जाता है तथा होल्ड होते हैं, तब डिविडेंड व बोनस भी देते हैं।

□

38

इन्कम टैक्स हार्वेस्टिंग से कैपिटल गेन्स की बचत

इस टिप्स में आपको शेयर बाजार में इन्कम टैक्स की खेती या टैक्स हार्वेस्टिंग कैसे करते हैं, उसके बारे में बताऊँगा।

जी हाँ, शेयर बाजार में इन्कम टैक्स की खेती एक जाना-माना तरीका है, जिसे अमेरिका में 'इन्कम टैक्स हार्वेस्टिंग' कहते हैं। एक बार ट्रंप साहब पर अमेरिका की राजनीति में आरोप लगे थे कि आप अपनी स्टॉक मार्केट की कमाई पर पूरा टैक्स नहीं देते। तब यह मुद्दा सामने आया था कि उन्होंने कोई गैर-कानूनी काम नहीं किया। उन्होंने जो किया था, उसे टैक्स हार्वेस्टिंग अर्थात् इन्कम टैक्स की खेती कहते हैं, जो पूरी तरह कानूनी है, जिसमें शेयर बाजार में हुए कैपिटल गेन्स पर कोई टैक्स नहीं देना पड़ता। तो इस टिप्स में इसी टैक्स हार्वेस्टिंग को आप लोग सीखेंगे।

असल में, इसमें सीधा-सा गणित है। आप पूरे वर्ष भर अच्छे डिविडेंड देने वाले शेयरों में पहले बताई गई टिप्स के अनुसार थोड़ा-थोड़ा निवेश करते रहिए। जो शेयर आपको टारगेट के अनुसार लाभ दे दें, उनमें मुनाफा बुक कर लें। बाकी के शेयर होल्ड रखेंगे और डिविडेंड का मजा लेंगे।

होल्ड रखे शेयरों से मार्च माह के अंतिम दिनों में इन्कम टैक्स हार्वेस्टिंग कर लीजिए।

असल में, यह बहुत आसान है। मार्च के अंतिम दिनों में आपके पोर्टफोलियो में नुकसान दे रहे जो शेयर हों, उन सभी शेयरों को बेचकर कागजों में नुकसान बुक कर लेंगे; परंतु उसी समय, उसी दिन, उसी क्षण बेचते ही वापस उन्हीं शेयरों

को उतनी ही मात्रा में ही वापस खरीद लेंगे।

इससे क्या फायदा होगा?

इससे हमारे शेयरों की संख्या में कोई अंतर नहीं आएगा, क्योंकि हम उसी दिन, उसी समय उतने ही शेयर वापस ले लेंगे, जितने बेचकर नुकसान बुक किया था।

हमारी सिर्फ ब्रोकरेज जाएगी, जो आजकल डिस्काउंट ब्रोकरों के साथ बहुत ही कम लगती है। इस ब्रोकरेज को भी बचाने के लिए आप बेचने एवं वापस खरीदने के प्राइस में मामूली अंतर रख सकते हैं; पर जो नुकसान हमने बुक किया था, उस नुकसान को पूरे वर्ष हमें मुनाफा बुक करते रहने से जो शॉर्ट टर्म कैपिटल गेन्स हुआ, उसमें से हम कम कर सकते हैं।

कैसे?

मान लीजिए, 20 मार्च, 2019 तक आप मुनाफे वाले शेयरों को बेचते-बेचते कुल 60,000 रुपए की कमाई करते हैं तो आय कर कानून के तहत इस पर 15 प्रतिशत की दर से 9,000 रुपए शॉर्ट टर्म कैपिटल गेन्स टैक्स देना पड़ता।

अब 20 मार्च को हमारे पास मान लीजिए, जो शेयर होल्ड रखे हैं, उनमें हमें कुल मिलाकर 45,000 रुपए का नुकसान हो रहा है तो हम इस नुकसान को बुक करके हाथोंहाथ वे शेयर्स वापस खरीद लेंगे तो ये 45,000 का नुकसान 60,000 के प्रॉफिट में से कम करने पर वर्ष का नेट प्रॉफिट 15,000 ही बचा। अब इस पर ही शॉर्ट टर्म कैपिटल गेन्स 15 प्रतिशत की दर से 2,250 रुपए ही चुकाना पड़ेगा तो 9,000 के स्थान पर 2,250 ही टैक्स बना, इसलिए यह हुई 6,750 के इन्कम टैक्स की खेती।

इस प्रक्रिया में 750 के लगभग ब्रोकरेज भी लग गई तो भी आपको 6,000 रुपए कैपिटल गेन्स टैक्स का नेट फायदा होगा।

यहाँ कुछ पाठक यह आशंका जता सकते हैं कि उसी दिन शेयर बेचकर वापस खरीदने पर तो वह इंट्रा-डे, अर्थात् स्पेकुलेशन इन्कम में आएगा तो उस नुकसान को शॉर्ट टर्म कैपिटल लॉस में से कैसे कम कर सकेंगे? इसका प्रत्युत्तर यह है कि यदि आपके पास शेयर पहले से होल्ड है और आप ऑर्डर डालते समय सी एंड सी अर्थात् कैश एंड कैरी का चयन करते हैं तो ऐसे शेयर की बिक्री इंट्रा-डे

के लिए नहीं है। आपने पहले से होल्ड अपने शेयर में लॉस बुक किया है।

इसी प्रकार, नए ऑर्डर से खरीदा गया शेयर भी कैश एंड कैरी में पूरी राशि देकर खरीदा जाएगा तथा उसकी डिलिवरी भी ली जाएगी, जो एक नई ट्रेड है। इसको जब भी हम बेचेंगे, तब उसका टैक्स हमारी होल्डिंग अवधि से तय होगा, इसलिए इस प्रकार पहले से होल्ड शेयर कैश एंड कैरी में बेचकर हाथोंहाथ पूरी राशि देकर वापस लेना और उसकी डिलिवरी लेना इंट्रा-डे में नहीं आएगा।

□

39

ऑप्शन ट्रेडिंग में 4 स्ट्रोक मैथड का प्रयोग करें

ऑप्शन ट्रेडिंग के लिए मैंने अनके विधियाँ प्रैक्टिकल में आजमाकर देखी हैं। उन सबका पूरा विवरण तो मेरी ऑप्शन ट्रेडिंग के लिए अलग से आनेवाली पुस्तक में दिया जाएगा, परंतु इन सब विधियों में सर्वश्रेष्ठ विधि के रूप में मैंने 4 स्ट्रोक मैथड को पाया है।

इस 4 स्ट्रोक विधि से आप ऑप्शन में ली गई अपनी 80 से 90 प्रतिशत ट्रेड में सफलता अर्जित कर सकते हैं।

जैसा कि आपको पहले यह बताया ही जा चुका है कि मार्केट में ट्रेडिंग में 100 प्रतिशत सकल कोई विधि नहीं है; पर आपकी विधि की सफलता की दर 80 से 90 प्रतिशत है तो आप विनिंग ट्रेडर रह सकते हैं।

इस विधि से आप ऑप्शन में निफ्टी, बैंक निफ्टी में पोजीशन ले सकते हैं। वैसे, आप चाहें तो इसी विधि का प्रयोग करके इंडेक्स के स्थान पर किसी शेयर की कॉल/पुट में भी पोजीशन बना सकते हैं।

पर किसी शेयर विशेष में ऑप्शन में पोजीशन लेने के स्थान पर निफ्टी या बैंक निफ्टी में पोजीशन लेना ज्यादा उचित रहता है, क्योंकि इनमें लिक्विडिटी की समस्या नहीं रहती है। शेयर विशेष में पोजीशन बनाने पर यह विधि सही होने के बावजूद लिक्विडिटी कम होने से आपको समस्या हो सकती है।

अब 4 स्ट्रोक विधि का वर्णन करते हैं।

माना कि किसी दिन निफ्टी फ्यूचर का क्लोज प्राइस 1,873.30 पर मार्केट बंद होने के बाद था।

इस विधि में हम निफ्टी के क्लोज प्राइस की जगह उस दिन के फ्यूचर का क्लोज प्राइस देखेंगे।

अब आपको इस क्लोज प्राइस के आधार पर अगले दिन के ट्रेड के लिए अग्रिम तैयारी करनी है। आपको निकटतम एक्सपायरी वाले महीने की इस क्लोज प्राइस की निकटतम 'इन द मनी कॉल एवं इन द मनी पुट' एक कागज पर नोट करनी है (यदि आप यह विधि बैंक निफ्टी में आजमा रहे हैं तो आपको निकटतम साप्ताहिक एक्सपायरी वाले कॉल/पुट का चयन करना है), जैसे—फ्यूचर का क्लोज प्राइस 10,873.30 है तो इसके लिए निकटतम इन द मनी कॉल 10,850 बनेगी और निकटतम इन द मनी पुट 10,900 की लेनी है।

अब इसके उस दिन की ट्रेडिंग के इन कॉल व पुट के हाई व लो देखकर एक कागज पर नोट करने हैं (ऑप्शन में कॉल/पुट में हिस्टॉरिकल प्राइस डाटा कैसे देखते हैं, इसके लिए आप मेरा यू-ट्यूब ट्यूटोरीयल देख सकते हैं)।

माना कि 10,850 की कॉल का उस दिन का उच्चतम प्रीमियम 163.30 था और न्यूनतम प्रीमियम 86.45 था तो आप इन दोनों आँकड़ों को नोट कर लीजिए।

अब 10,900 की पुट का उच्चतम प्रीमियम नोट करें। माना कि ये क्रमश: 175.35 व 96.40 है। तो आपके पास अब चार आँकड़े हैं (इसलिए इस विधि को मैंने '4 स्ट्रोक मैथड' नाम दिया है)।

अब अगले दिन के लिए आपके पास एक चार्ट तैयार हो गया है, जो इस प्रकार दिखेगा—

ऑप्शन प्रकार	स्ट्राइक प्राइस	उच्चतम स्तर	न्यूनतम स्तर
कॉल	10,850	163.30	86.45
पुट	10,900	175.35	96.40

अब अगले दिन मार्केट खुलने के पश्चात् 10,850 की कॉल के प्रीमियम पर निगाह रखें। यह यदि पिछले दिन के उच्चतम स्तर 163.30 के ऊपर ब्रेक आउट हो या ऊपर ही खुले तो तुरंत उसी समय 10,850 की कॉल को खरीद डालें और 10 रुपए का लाभ मिलते ही निकल जाएँ, अर्थात् यदि आपने 165.80 पर लिया तो 175.80 पर प्रॉफिट बुक कर दें। मैंने एक्जेक्ट पिछले दिन के हाई 163.30

पर उदाहरण नहीं देकर 165.80 का प्रयोग इसलिए किया है कि ऐसे ब्रेकआउट में कॉल बहुत तेजी से बढ़ेगी, इसलिए जब तक आप पोजीशन लेंगे, तब तक वह थोड़ी तो ऊपर बढ़ ही चुकी होगी।

अब यदि अगले दिन यह 10,850 की कॉल पिछले दिन के लो 86.45 से नीचे जाती है या नीचे ही खुलती है तो आप 10,850 की कॉल को शॉर्ट करें। प्रॉफिट टारगेट इसमें 10 रुपए का रखना ही सबसे सेफ रहता है, अर्थात् यदि आपने 85.50 पर 10,850 की कॉल शॉर्ट की है तो 10 रुपए गिरने के बाद 75.50 पर प्रॉफिट बुक कर लें। निफ्टी का एक लॉट 75 का है। इसमें 10 रुपए का प्रॉफिट बुक करने का अर्थ है—750 रुपए का मुनाफा।

इस 4 स्ट्रोक विधि में पिछले दिन के हाई या लो से ब्रेकआउट होने पर आपको 10 रुपए का मुनाफा मात्र 5 से 10 मिनट में मिल जाता है।

इसी प्रकार, यदि 10,900 की पुट पिछले दिन के हाई 175.35 से ऊपर ब्रेकआउट होती है या ऊपर ही खुलती है तो आप इसमें खरीदारी करें तथा 10 रुपए का मुनाफा लेकर निकल जाएँ।

यदि 10,900 की पुट पिछले दिन के लो 96.40 से नीचे गिरती है या नीचे ही खुलती है तो आप इसमें शॉर्ट करें और 10 रुपए का मुनाफा लेकर निकल जाएँ।

बैंक निफ्टी के मामले में लॉट साइज मात्र 20 की है। आप उसमें टारगेट 15 से 20 रुपए का भी ले सकते हैं, क्योंकि ब्रोकरेज भी लगती है।

इसी प्रकार, इस 4 स्ट्रोक विधि से किसी शेयर विशेष की कॉल पुट भी खरीद सकते हैं। प्रीमियम में आपको प्रतिशत से टारगेट का निर्धारण करना हो तो प्रीमियम का लगभग 5 प्रतिशत टारगेट निर्धारण कर सकते हैं, जैसे—आपकी किसी कॉल का पिछले दिन का उच्चतम स्तर 405.60 था। आप इसको 410 पर ब्रेकआउट होने के बाद खरीदते हैं तो आपका टारगेट 410 का 5 प्रतिशत, अर्थात् 20 रुपए के आसपास रखना है। ज्यादा लालच करना इसमें उचित नहीं है, क्योंकि कॉल पुट जितनी तेजी से बढ़ती है, उतनी ही तेजी से गिरती भी है।

अब प्रश्न आता है स्टॉप लॉस का कि इस विधि में स्टॉप लॉस कितना रखें?

स्टॉप लॉस समय आधारित इसमें सबसे अच्छा रहता है, अर्थात् 5 मिनट का स्टॉप लॉस रखें, क्योंकि यदि आपका ब्रेकआउट सच्चा है तो 5 प्रतिशत या 10

से 15 रुपए का लाभ आपको 5 मिनट में मिल जाता है। यदि 5 मिनट में टारगेट नहीं मिलें तो 5 मिनट बाद कलेजा मजबूत करके जो भी नफा-नुकसान है, समेट लीजिए।

मैं समय आधारित स्टॉप लॉस इसलिए बता रहा हूँ कि कॉल पुट बहुत ही तेजी से और बहुत उतार-चढ़ाव से ऊपर-नीचे होती है। इसमें आपका ज्यादा पास में रखा हुआ स्टॉप लॉस बहुत तेजी से हिट हो जाएगा।

अब टारगेट ही 5 प्रतिशत का हो तो स्टॉप लॉस नियम से तो उससे भी आधा 2.5 प्रतिशत ही बनेगा, जो बहुत कम होने से स्टॉप लॉस टूटकर फिर टारगेट मिल सकता है, इसलिए 5 मिनट का प्रयोग बेहतर रहता है।

प्रैक्टिकल में इस विधि का प्रयोग करने से पहले कुछ दिन काल्पनिक अभ्यास करें। क्या स्टॉप लॉस रखें, आपको इसका अनुभव हो जाएगा।

□

40

इंट्रा-डे से बेहतर ऑप्शन ट्रेडिंग है

एन.एस.ई. पर ऑप्शन ट्रेडिंग वर्ष 2001 में लॉन्च हुई थी। उस समय ऑप्शन में इतने वॉल्यूम नहीं होते थे, पर आज ज्यादातर डे ट्रेडर इंट्रा-डे ट्रेडिंग को छोड़कर ऑप्शन में आ गए हैं। ऑप्शन में यदि आप कॉल पुट लेते हैं तो आपकी रिस्क लिमिटेड होती है, अर्थात् जितना उस कॉल या पुट का प्रीमियम होता है, ज्यादा-से-ज्यादा आपका नुकसान उस प्रीमियम का हो सकता है।

यदि आप ऑप्शन में इंट्रा-डे ट्रेड करते हैं तो आपको कम दाम में ज्यादा लिवरेज मिलता है। बहरहाल, यह इस पुस्तक का विषय नहीं है कि आप यदि ऑप्शन ट्रेडिंग से वाकिफ नहीं हैं तो इस छोटी-सी पुस्तक में ऑप्शन ट्रेडिंग की पूरी जानकारी दी जानी संभव नहीं है। आप इस विषय पर किसी अन्य लेखक की पुस्तक का अध्ययन या मेरी आनेवाली ऑप्शन स्पेशल पुस्तक की प्रतीक्षा कर सकते हैं।

इस टिप्स का उद्देश्य सिर्फ यही है कि आप शेयर विशेष की जगह इंट्रा-डे ट्रेड करना ही चाहते हैं तो ऑप्शन की कॉल पुट में करें।

पर ऑप्शन में ट्रेड छोटे निवेशकों के लिए नहीं है। आपके पास ज्यादा पूँजी हो तो ही ऐसा करना चाहिए, जैसे—रमेश हिंडालको के 3,500 शेयर इंट्रा-डे में 200 रुपए के मूल्य पर खरीदता है तो उसकी ट्रेड वैल्यू के अनुसार उसको 7,00,000 की ट्रेड पर कम-से-कम 1,50,000 का मार्जिन देना पड़ता है। पर दूसरी तरफ हितेश हिंडालको की 200 की कॉल 9 रुपए पर खरीद सकता है, जिसका 3,500 का लॉट है और इसके लिए उसको सिर्फ 31,500 का प्रीमियम चुकाना पड़ता है।

यदि हितेश पहले बताई गई 4 स्ट्रोक विधि से ट्रेड करता है तो 200 की कॉल वह पिछले दिन के हाई स्तर से ऊपर जाने पर खरीदेगा और यदि वह 9 रुपए पर खरीदकर 10 में बेच देगा तो इसमें 3,500 रुपए कमा सकता है। पर याद रखें, जैसे इंट्रा-डे रिस्की है, वैसे ऑप्शन भी रिस्की है। इसलिए आपको पिछली टिप्स में बताया जा चुका है कि नए ट्रेडर को पहले सिर्फ बैंक निफ्टी के एक लॉट से ही अभ्यास करना चाहिए। बैंक निफ्टी का एक लॉट सिर्फ 20 बैंक निफ्टी का है, इसलिए इसमें इंट्रा-डे में पिछली टिप्स के अनुसार 15 से 20 रुपए के लिए ट्रेड करने पर आपको एकदम से बड़ा नुकसान होने की संभावना भी नहीं होगी और आपको ऑप्शन ट्रेडिंग का अभ्यास भी हो जाएगा।

यहाँ मैं फिर दोहरा दूँ कि मेरी निजी राय में, सबसे अच्छी विधि स्विंग ट्रेड की है। इसमें आपका निवेश व ट्रेडिंग—दोनों का शौक भी पूरा होता रहेगा और आप यदि पीछे बताई गई विधि से करेंगे तो रिस्क भी नहीं के बराबर होगा।

दूसरे दर्जे की विधि में ऑप्शन में 4 स्ट्रोक विधि से बैंक निफ्टी व निफ्टी में ट्रेड करना है।

तीसरे दर्जे में, इंट्रा-डे में शेयरों में ट्रेड करना है।

अगली टिप्स में आपको ऑप्शन के अधिकतम होल्डिंग समय के बारे में बताया जाएगा।

□

41

मार्केट में खबरों एवं कथित विशेषज्ञों की राय पर ट्रेड नहीं करें

शेयर बाजार कभी भी खबरों के आधार पर नहीं चलता है। आपको तथाकथित विशेषज्ञों की भ्रमित करनेवाली सलाह पर कान नहीं देने हैं। वे कभी कहेंगे—अमेरिका के राष्ट्रपतिजी ने ट्रेड वार का ट्वीट कर दिया है। अब मार्केट नहीं बढ़ने वाला। कभी कहेंगे—अब मंदी का दौर लंबा है। कभी कहेंगे—हमने आपको सुबह ही बता दिया था कि आज मार्केट बढ़ने वाला है। हद तो तब हो गई, जब कुछ विशेषज्ञ बोले—चंद्र ग्रहण में चाँद पर लाल रंग दिखा था, इसे 'ब्लड मून' कहते हैं। ऐसा कई सालों में एक बार होता है और यह लाल रंग मार्केट गिरेगी, ऐसा संकेत दे रहा है।

आप दूसरों की सलाह माँगते रहेंगे तो आपका हारना तय है। आप मेरी सलाह भी नहीं मानें। अपने सिस्टम पर विश्वास करें, अपने आप पर विश्वास करें। आपको एक ही मंत्र बार-बार रटना है, "मार्केट में अच्छे व बुरे शेयर नहीं होते। मार्केट अच्छी और बुरी नहीं होती। मार्केट में सिर्फ बढ़ने व घटनेवाले शेयर होते हैं। मार्केट या तो बढ़ती है या घटती है। यही मार्केट का नियम है। इसके अलावा सब फिजूल है।"

याद रखिए, शेयर मार्केट में उतार-चढ़ाव हमेशा आते रहे हैं और आते रहेंगे। इस बारे में मुझे एक संत की उक्ति याद आ रही है—

खून-पसीना बहाता जा, तान के चादर सोता जा।
यह नाव तो हिलती जाएगी, तू हँसता जा या रोता जा॥

तो मार्केट की नाव तो हिलती हुई ही जाती है, चाहे आप इसके लिए ट्रंप

साहब के ट्वीट का बहाना करें, चाहे सर्जिकल स्ट्राइक को दोष दें, चाहे ब्लड मून को दोष दें। उतार-चढ़ाव मार्केट का मूल सिद्धांत है। उतार-चढ़ाव ही नहीं तो बिजनेस कैसे होगा; परंतु आपको सिर्फ उतार-चढ़ाव उपयोग करने पर ध्यान देना है, न कि खबरों के दम पर अपनी मेहनत से कमाई पूँजी को बगैर किसी थ्योरी के झोंकना है।

अंत में, मैं अपनी लेखनी को यह कहते हुए विराम देता हूँ कि स्विंग ट्रेड के मेरे फॉर्मूले, जो इस पुस्तक में बताए गए हैं, वे सबसे ज्यादा रिस्क फ्री तथा ज्यादा रिटर्न देने वाले हैं। इस पुस्तक के अंत में परिशिष्ट दिया गया है कि कैसे 10,000 रुपए पर आप 2 प्रतिशत रिटर्न भी निकालते रहें तो 360 ट्रेड के बाद 1.24 करोड़ रुपए से अधिक हो जाएँगे। आप इस सारणी का अवलोकन करने के बाद मेरी पुस्तक पर अपना 5 स्टार रिव्यू देना मत भूलना, क्योंकि आपका 5 स्टार रिव्यू मुझे ऊर्जा से भर देगा और मैं अपनी आनेवाली ऑप्शन की बुक पर ज्यादा मेहनत कर सकूँगा।

सादर अभिवादन के साथ।

आपका अपना

महेश चंद्र कौशिक

□

परिशिष्ट क टिप्स संख्या 4 के संदर्भ में

महीना	शुरुआती निवेश	पूरे महीने की 2 प्रतिशत कमाई	महीने के अंत में बैलेंस
1	10,000.00	200.00	10,200.00
2	10,200.00	204.00	10,404.00
3	10,404.00	208.08	10,612.08
4	10,612.08	212.24	10,824.32
5	10,824.32	216.49	11,040.81
6	11,040.81	220.82	11,261.62
7	11,261.62	225.23	11,486.86
8	11,486.86	229.74	11,716.59
9	11,716.59	234.33	11,950.93
10	11,950.93	239.02	12,189.94
11	12,189.94	243.80	12,433.74
12	12,433.74	248.67	12,682.42
13	12,682.42	253.65	12,936.07
14	12,936.07	258.72	13,194.79
15	13,194.79	263.90	13,458.68
16	13,458.68	269.17	13,727.86
17	13,727.86	274.56	14,002.41
18	14,002.41	280.05	14,282.46

महीना	शुरुआती निवेश	पूरे महीने की 2 प्रतिशत कमाई	महीने के अंत में बैलेंस
19	14,282.46	285.65	14,568.11
20	14,568.11	291.36	14,859.47
21	14,859.47	297.19	15,156.66
22	15,156.66	303.13	15,459.80
23	15,459.80	309.20	15,768.99
24	15,768.99	315.38	16,084.37
25	16,084.37	321.69	16,406.06
26	16,406.06	328.12	16,734.18
27	16,734.18	334.68	17,068.86
28	17,068.86	341.38	17,410.24
29	17,410.24	348.20	17,758.45
30	17,758.45	355.17	18,113.62
31	18,113.62	362.27	18,475.89
32	18,475.89	369.52	18,845.41
33	18,845.41	376.91	19,222.31
34	19,222.31	384.45	19,606.76
35	19,606.76	392.14	19,998.90
36	19,998.90	399.98	20,398.87
37	20,398.87	407.98	20,806.85

महीना	शुरुआती निवेश	पूरे महीने की 2 प्रतिशत कमाई	महीने के अंत में बैलेंस
38	20,806.85	416.14	21,222.99
39	21,222.99	424.46	21,647.45
40	21,647.45	432.95	22,080.40
41	22,080.40	441.61	22,522.00
42	22,522.00	450.44	22,972.44
43	22,972.44	459.45	23,431.89
44	23,431.89	468.64	23,900.53
45	23,900.53	478.01	24,378.54
46	24,378.54	487.57	24,866.11
47	24,866.11	497.32	25,363.44
48	25,363.44	507.27	25,870.70
49	25,870.70	517.41	26,388.12
50	26,388.12	527.76	26,915.88
51	26,915.88	538.32	27,454.20
52	27,454.20	549.08	28,003.28
53	28,003.28	560.07	28,563.35
54	28,563.35	571.27	29,134.61
55	29,134.61	582.69	29,717.31
56	29,717.31	594.35	30,311.65

महीना	शुरुआती निवेश	पूरे महीने की 2 प्रतिशत कमाई	महीने के अंत में बैलेंस
57	30,311.65	606.23	30,917.89
58	30,917.89	618.36	31,536.24
59	31,536.24	630.72	32,166.97
60	32,166.97	643.34	32,810.31
61	32,810.31	656.21	33,466.51
62	33,466.51	669.33	34,135.84
63	34,135.84	682.72	34,818.56
64	34,818.56	696.37	35,514.93
65	35,514.93	710.30	36,225.23
66	36,225.23	724.50	36,949.74
67	36,949.74	738.99	37,688.73
68	37,688.73	753.77	38,442.51
69	38,442.51	768.85	39,211.36
70	39,211.36	784.23	39,995.58
71	39,995.58	799.91	40,795.49
72	40,795.49	815.91	41,611.40
73	41,611.40	832.23	42,443.63
74	42,443.63	848.87	43,292.50
75	43,292.50	865.85	44,158.35

महीना	शुरुआती निवेश	पूरे महीने की 2 प्रतिशत कमाई	महीने के अंत में बैलेंस
76	44,158.35	883.17	45,041.52
77	45,041.52	900.83	45,942.35
78	45,942.35	918.85	46,861.20
79	46,861.20	937.22	47,798.42
80	47,798.42	955.97	48,754.39
81	48,754.39	975.09	49,729.48
82	49,729.48	994.59	50,724.07
83	50,724.07	1,014.48	51,738.55
84	51,738.55	1,034.77	52,773.32
85	52,773.32	1,055.47	53,828.79
86	53,828.79	1,076.58	54,905.36
87	54,905.36	1,098.11	56,003.47
88	56,003.47	1,120.07	57,123.54
89	57,123.54	1,142.47	58,266.01
90	58,266.01	1,165.32	59,431.33
91	59,431.33	1,188.63	60,619.96
92	60,619.96	1,212.40	61,832.36
93	61,832.36	1,236.65	63,069.00
94	63,069.00	1,261.38	64,330.38

महीना	शुरुआती निवेश	पूरे महीने की 2 प्रतिशत कमाई	महीने के अंत में बैलेंस
95	64,330.38	1,286.61	65,616.99
96	65,616.99	1,312.34	66,929.33
97	66,929.33	1,338.59	68,267.92
98	68,267.92	1,365.36	69,633.28
99	69,633.28	1,392.67	71,025.94
100	71,025.94	1,420.52	72,446.46
101	72,446.46	1,448.93	73,895.39
102	73,895.39	1,477.91	75,373.30
103	75,373.30	1,507.47	76,880.76
104	76,880.76	1,537.62	78,418.38
105	78,418.38	1,568.37	79,986.75
106	79,986.75	1,599.73	81,586.48
107	81,586.48	1,631.73	83,218.21
108	83,218.21	1,664.36	84,882.58
109	84,882.58	1,697.65	86,580.23
110	86,580.23	1,731.60	88,311.83
111	88,311.83	1,766.24	90,078.07
112	90,078.07	1,801.56	91,879.63
113	91,879.63	1,837.59	93,717.22

महीना	शुरुआती निवेश	पूरे महीने की 2 प्रतिशत कमाई	महीने के अंत में बैलेंस
114	93,717.22	1,874.34	95,591.57
115	95,591.57	1,911.83	97,503.40
116	97,503.40	1,950.07	99,453.47
117	99,453.47	1,989.07	1,01,442.54
118	1,01,442.54	2,028.85	1,03,471.39
119	1,03,471.39	2,069.43	1,05,540.81
120	1,05,540.81	2,110.82	1,07,651.63
121	1,07,651.63	2,153.03	1,09,804.66
122	1,09,804.66	2,196.09	1,12,000.76
123	1,12,000.76	2,240.02	1,14,240.77
124	1,14,240.77	2,284.82	1,16,525.59
125	1,16,525.59	2,330.51	1,18,856.10
126	1,18,856.10	2,377.12	1,21,233.22
127	1,21,233.22	2,424.66	1,23,657.88
128	1,23,657.88	2,473.16	1,26,131.04
129	1,26,131.04	2,522.62	1,28,653.66
130	1,28,653.66	2,573.07	1,31,226.74
131	1,31,226.74	2,624.53	1,33,851.27
132	1,33,851.27	2,677.03	1,36,528.30

महीना	शुरुआती निवेश	पूरे महीने की 2 प्रतिशत कमाई	महीने के अंत में बैलेंस
133	1,36,528.30	2,730.57	1,39,258.86
134	1,39,258.86	2,785.18	1,42,044.04
135	1,42,044.04	2,840.88	1,44,884.92
136	1,44,884.92	2,897.70	1,47,782.62
137	1,47,782.62	2,955.65	1,50,738.27
138	1,50,738.27	3,014.77	1,53,753.04
139	1,53,753.04	3,075.06	1,56,828.10
140	1,56,828.10	3,136.56	1,59,964.66
141	1,59,964.66	3,199.29	1,63,163.95
142	1,63,163.95	3,263.28	1,66,427.23
143	1,66,427.23	3,328.54	1,69,755.78
144	1,69,755.78	3,395.12	1,73,150.89
145	1,73,150.89	3,463.02	1,76,613.91
146	1,76,613.91	3,532.28	1,80,146.19
147	1,80,146.19	3,602.92	1,83,749.11
148	1,83,749.11	3,674.98	1,87,424.09
149	1,87,424.09	3,748.48	1,91,172.58
150	1,91,172.58	3,823.45	1,94,996.03
151	1,94,996.03	3,899.92	1,98,895.95

महीना	शुरुआती निवेश	पूरे महीने की 2 प्रतिशत कमाई	महीने के अंत में बैलेंस
152	1,98,895.95	3,977.92	2,02,873.87
153	2,02,873.87	4,057.48	2,06,931.34
154	2,06,931.34	4,138.63	2,11,069.97
155	2,11,069.97	4,221.40	2,15,291.37
156	2,15,291.37	4,305.83	2,19,597.20
157	2,19,597.20	4,391.94	2,23,989.14
158	2,23,989.14	4,479.78	2,28,468.93
159	2,28,468.93	4,569.38	2,33,038.30
160	2,33,038.30	4,660.77	2,37,699.07
161	2,37,699.07	4,753.98	2,42,453.05
162	2,42,453.05	4,849.06	2,47,302.11
163	2,47,302.11	4,946.04	2,52,248.15
164	2,52,248.15	5,044.96	2,57,293.12
165	2,57,293.12	5,145.86	2,62,438.98
166	2,62,438.98	5,248.78	2,67,687.76
167	2,67,687.76	5,353.76	2,73,041.51
168	2,73,041.51	5,460.83	2,78,502.34
169	2,78,502.34	5,570.05	2,84,072.39
170	2,84,072.39	5,681.45	2,89,753.84

महीना	शुरुआती निवेश	पूरे महीने की 2 प्रतिशत कमाई	महीने के अंत में बैलेंस
171	2,89,753.84	5,795.08	2,95,548.92
172	2,95,548.92	5,910.98	3,01,459.89
173	3,01,459.89	6,029.20	3,07,489.09
174	3,07,489.09	6,149.78	3,13,638.87
175	3,13,638.87	6,272.78	3,19,911.65
176	3,19,911.65	6,398.23	3,26,309.88
177	3,26,309.88	6,526.20	3,32,836.08
178	3,32,836.08	6,656.72	3,39,492.80
179	3,39,492.80	6,789.86	3,46,282.66
180	3,46,282.66	6,925.65	3,53,208.31
181	3,53,208.31	7,064.17	3,60,272.48
182	3,60,272.48	7,205.45	3,67,477.93
183	3,67,477.93	7,349.56	3,74,827.49
184	3,74,827.49	7,496.55	3,82,324.04
185	3,82,324.04	7,646.48	3,89,970.52
186	3,89,970.52	7,799.41	3,97,769.93
187	3,97,769.93	7,955.40	4,05,725.33
188	4,05,725.33	8,114.51	4,13,839.83
189	4,13,839.83	8,276.80	4,22,116.63

महीना	शुरुआती निवेश	पूरे महीने की 2 प्रतिशत कमाई	महीने के अंत में बैलेंस
190	4,22,116.63	8,442.33	4,30,558.96
191	4,30,558.96	8,611.18	4,39,170.14
192	4,39,170.14	8,783.40	4,47,953.55
193	4,47,953.55	8,959.07	4,56,912.62
194	4,56,912.62	9,138.25	4,66,050.87
195	4,66,050.87	9,321.02	4,75,371.89
196	4,75,371.89	9,507.44	4,84,879.32
197	4,84,879.32	9,697.59	4,94,576.91
198	4,94,576.91	9,891.54	5,04,468.45
199	5,04,468.45	10,089.37	5,14,557.82
200	5,14,557.82	10,291.16	5,24,848.97
201	5,24,848.97	10,496.98	5,35,345.95
202	5,35,345.95	10,706.92	5,46,052.87
203	5,46,052.87	10,921.06	5,56,973.93
204	5,56,973.93	11,139.48	5,68,113.41
205	5,68,113.41	11,362.27	5,79,475.68
206	5,79,475.68	11,589.51	5,91,065.19
207	5,91,065.19	11,821.30	6,02,886.49
208	6,02,886.49	12,057.73	6,1,4944.22

महीना	शुरुआती निवेश	पूरे महीने की 2 प्रतिशत कमाई	महीने के अंत में बैलेंस
209	6,14,944.22	12,298.88	6,27,243.11
210	6,27,243.11	12,544.86	6,39,787.97
211	6,39,787.97	12,795.76	6,52,583.73
212	6,52,583.73	13,051.67	6,65,635.40
213	6,65,635.40	13,312.71	6,78,948.11
214	6,78,948.11	13,578.96	6,92,527.07
215	6,92,527.07	13,850.54	7,06,377.62
216	7,06,377.62	14,127.55	7,20,505.17
217	7,20,505.17	14,410.10	7,34,915.27
218	7,34,915.27	14,698.31	7,49,613.58
219	7,49,613.58	14,992.27	7,64,605.85
220	7,64,605.85	15,292.12	7,79,897.97
221	7,79,897.97	15,597.96	7,95,495.93
222	7,95,495.93	15,909.92	8,11,405.84
223	8,11,405.84	16,228.12	8,27,633.96
224	8,27,633.96	16,552.68	8,44,186.64
225	8,44,186.64	16,883.73	8,61,070.37
226	8,61,070.37	17,221.41	8,78,291.78
227	8,78,291.78	17,565.84	8,95,857.62

महीना	शुरुआती निवेश	पूरे महीने की 2 प्रतिशत कमाई	महीने के अंत में बैलेंस
228	8,95,857.62	17,917.15	9,13,774.77
229	9,13,774.77	18,275.50	9,32,050.26
230	9,32,050.26	18,641.01	9,50,691.27
231	9,50,691.27	19,013.83	9,69,705.09
232	9,69,705.09	19,394.10	9,89,099.20
233	9,89,099.20	19,781.98	1,00,8881.18
234	10,08,881.18	20,177.62	10,29,058.80
235	10,29,058.80	20,581.18	10,49,639.98
236	10,49,639.98	20,992.80	10,70,632.78
237	10,70,632.78	21,412.66	10,92,045.43
238	10,92,045.43	21,840.91	11,13,886.34
239	11,13,886.34	22,277.73	11,36,164.07
240	11,36,164.07	22,723.28	11,58,887.35
241	11,58,887.35	23,177.75	11,82,065.10
242	11,82,065.10	23,641.30	12,05,706.40
243	12,05,706.40	24,114.13	12,29,820.53
244	12,29,820.53	24,596.41	12,54,416.94
245	12,54,416.94	25,088.34	12,79,505.28
246	12,79,505.28	25,590.11	13,05,095.38

महीना	शुरुआती निवेश	पूरे महीने की 2 प्रतिशत कमाई	महीने के अंत में बैलेंस
247	13,05,095.38	26,101.91	13,31,197.29
248	13,31,197.29	26,623.95	13,57,821.24
249	13,57,821.24	27,156.42	13,84,977.66
250	13,84,977.66	27,699.55	14,12,677.21
251	14,12,677.21	28,253.54	14,40,930.76
252	14,40,930.76	28,818.62	14,69,749.37
253	14,69,749.37	29,394.99	14,99,144.36
254	14,99,144.36	29,982.89	15,29,127.25
255	15,29,127.25	30,582.54	15,59,709.79
256	15,59,709.79	31,194.20	15,90,903.99
257	15,90,903.99	31,818.08	16,22,722.07
258	16,22,722.07	32,454.44	16,55,176.51
259	16,55,176.51	33,103.53	16,88,280.04
260	16,88,280.04	33,765.60	17,22,045.64
261	17,22,045.64	34,440.91	17,56,486.56
262	17,56,486.56	35,129.73	17,91,616.29
263	17,91,616.29	35,832.33	18,27,448.61
264	18,27,448.61	36,548.97	18,63,997.58
265	18,63,997.58	37,279.95	19,01,277.54

महीना	शुरुआती निवेश	पूरे महीने की 2 प्रतिशत कमाई	महीने के अंत में बैलेंस
266	19,01,277.54	38,025.55	19,39,303.09
267	19,39,303.09	38,786.06	19,78,089.15
268	19,78,089.15	39,561.78	20,17,650.93
269	20,17,650.93	40,353.02	20,58,003.95
270	20,58,003.95	41,160.08	20,99,164.03
271	20,99,164.03	41,983.28	21,41,147.31
272	21,41,147.31	42,822.95	21,83,970.26
273	21,83,970.26	43,679.41	22,27,649.66
274	22,27,649.66	44,552.99	22,72,202.65
275	22,72,202.65	45,444.05	23,17,646.71
276	23,17,646.71	46,352.93	23,63,999.64
277	23,63,999.64	47,279.99	24,11,279.63
278	24,11,279.63	48,225.59	24,59,505.23
279	24,59,505.23	49,190.10	25,08,695.33
280	25,08,695.33	50,173.91	25,58,869.24
281	25,58,869.24	51,177.38	26,10,046.62
282	26,10,046.62	52,200.93	26,62,247.56
283	26,62,247.56	53,244.95	27,15,492.51
284	27,15,492.51	54,309.85	27,69,802.36

महीना	शुरुआती निवेश	पूरे महीने की 2 प्रतिशत कमाई	महीने के अंत में बैलेंस
285	27,69,802.36	55,396.05	28,25,198.40
286	28,25,198.40	56,503.97	28,81,702.37
287	28,81,702.37	57,634.05	29,39,336.42
288	29,39,336.42	58,786.73	29,98,123.15
289	29,98,123.15	59,962.46	30,58,085.61
290	30,58,085.61	61,161.71	31,19,247.32
291	31,19,247.32	62,384.95	31,81,632.27
292	31,81,632.27	63,632.65	32,45,264.91
293	32,45,264.91	64,905.30	33,10,170.21
294	33,10,170.21	66,203.40	33,76,373.62
295	33,76,373.62	67,527.47	34,43,901.09
296	34,43,901.09	68,878.02	35,12,779.11
297	35,12,779.11	70,255.58	35,83,034.69
298	35,83,034.69	71,660.69	36,54,695.39
299	36,54,695.39	73,093.91	37,27,789.29
300	37,27,789.29	74,555.79	38,02,345.08
301	38,02,345.08	76,046.90	38,78,391.98
302	38,78,391.98	77,567.84	39,55,959.82
303	39,55,959.82	79,119.20	40,35,079.02

महीना	शुरुआती निवेश	पूरे महीने की 2 प्रतिशत कमाई	महीने के अंत में बैलेंस
304	40,35,079.02	80,701.58	41,15,780.60
305	41,15,780.60	82,315.61	41,98,096.21
306	41,98,096.21	83,961.92	42,82,058.13
307	42,82,058.13	85,641.16	43,67,699.30
308	43,67,699.30	87,353.99	44,55,053.28
309	44,55,053.28	89,101.07	45,44,154.35
310	45,44,154.35	90,883.09	46,35,037.44
311	46,35,037.44	92,700.75	47,27,738.18
312	47,27,738.18	94,554.76	48,22,292.95
313	48,22,292.95	96,445.86	49,18,738.81
314	49,18,738.81	98,374.78	50,17,113.58
315	50,17,113.58	1,00,342.27	51,17,455.86
316	51,17,455.86	1,02,349.12	52,19,804.97
317	52,19,804.97	1,04,396.10	53,24,201.07
318	53,24,201.07	1,06,484.02	54,30,685.09
319	54,30,685.09	1,08,613.70	55,39,298.80
320	55,39,298.80	1,10,785.98	56,50,084.77
321	56,50,084.77	1,1,3001.70	57,63,086.47
322	57,63,086.47	1,15,261.73	58,78,348.20

महीना	शुरुआती निवेश	पूरे महीने की 2 प्रतिशत कमाई	महीने के अंत में बैलेंस
323	58,78,348.20	1,17,566.96	59,95,915.16
324	59,95,915.16	1,19,918.30	61,15,833.46
325	61,15,833.46	1,22,316.67	62,38,150.13
326	62,38,150.13	1,24,763.00	63,62,913.13
327	63,62,913.13	1,27,258.26	64,90,171.40
328	64,90,171.40	1,29,803.43	66,19,974.83
329	66,19,974.83	1,32,399.50	67,52,374.32
330	67,52,374.32	1,35,047.49	68,87,421.81
331	68,87,421.81	1,37,748.44	70,25,170.24
332	70,25,170.24	1,40,503.40	71,65,673.65
333	71,65,673.65	1,43,313.47	73,08,987.12
334	73,08,987.12	1,46,179.74	74,55,166.87
335	74,55,166.87	1,49,103.34	76,04,270.20
336	76,04,270.20	1,52,085.40	77,56,355.61
337	77,56,355.61	1,55,127.11	79,11,482.72
338	79,11,482.72	1,58,229.65	80,69,712.37
339	80,69,712.37	1,61,394.25	82,31,106.62
340	82,31,106.62	1,64,622.13	83,95,728.75
341	83,95,728.75	1,67,914.58	85,63,643.33

महीना	शुरुआती निवेश	पूरे महीने की 2 प्रतिशत कमाई	महीने के अंत में बैलेंस
342	85,63,643.33	1,71,272.87	87,34,916.19
343	87,34,916.19	1,74,698.32	89,09,614.52
344	89,09,614.52	1,78,192.29	90,87,806.81
345	90,87,806.81	1,81,756.14	92,69,562.94
346	92,69,562.94	1,85,391.26	94,54,954.20
347	94,54,954.20	1,89,099.08	96,44,053.29
348	96,44,053.29	1,92,881.07	98,36,934.35
349	98,36,934.35	1,96,738.69	1,00,33,673.04
350	1,00,33,673.04	2,00,673.46	1,02,34,346.50
351	1,02,34,346.50	2,04,686.93	1,04,39,033.43
352	1,04,39,033.43	2,08,780.67	1,06,47,814.10
353	1,06,47,814.10	2,12,956.28	1,08,60,770.38
354	1,08,60,770.38	2,17,215.41	1,10,77,985.79
355	1,10,77,985.79	2,21,559.72	1,12,99,545.51
356	1,12,99,545.51	2,25,990.91	1,15,25,536.42
357	1,15,25,536.42	2,30,510.73	1,17,56,047.14
358	1,17,56,047.14	2,35,120.94	1,19,91,168.09
359	1,19,91,168.09	2,39,823.36	1,22,30,991.45
360	1,22,30,991.45	2,44,619.83	1,24,75,611.28

□□□